JN124318

異世界ゆるり紀行 14
～子育てしながら冒険者します～

Minazuki Shizuru
水無月静琉

ボルト
タクミの契約獣となった
サンダーホーク。
エレナ
水神の子で、タクミに
保護された少女。
格闘術が得意。
マイル
タクミの契約獣となった
フォレストラット。
タクミ・カヤノ
異世界に風神の眷属として
転生した本作の主人公。
アレンとエレナの保護者。
ジュール
タクミの契約獣となった
フェンリル。小型にもなれる。
登場人物
CHARACTER

ベクトル
タクミの契約獣となった
スカーレットキングレオ。
小型にもなれる。
アレン
水神の子で、妹・エレナと
ともにタクミに保護された
少年。格闘術が得意。
カイザー
タクミと仮の従魔契約を
結んだリヴァイアサン。
人化のスキルを使える。
フィート
タクミの契約獣となった
飛天虎。小型にもなれる。

第一章　パステルラビットを探しに行こう。

僕は茅野巧。元日本人。

何故〝元〟かというと、エーテルディアの神様の一人、風神シルフィリール——シルが起こしたうっかり事故で一度死んでしまったからだ。そして、そのことに責任を感じたシルが、僕を自分の眷属としてエーテルディアに転生させてくれた。

しかし、転生した僕が最初にいた場所は、危険な魔物がうじゃうじゃといる、ガヤの森という場所だった。しかも、その森で双子の子供と遭遇したのだ。

危険な場所に子供を放置するわけにはいかず、保護したのだが……後日、その子達が水神様の子供だと判明。さすがに神様の子供を放っておくわけにはいかなかったので、アレンとエレナと名づけ、正式に自分の弟妹として育てることにした。

僕は子育て未経験だったが、子供達がとても良い子で手がかからなかったのと、知り合った人達に助けられたことでどうにかなっている。

つい先日、僕達が大変お世話になっているルーウェン伯爵家の次男、グランヴァルト・ルーウェン――ヴァルトさんとロザリー・グラキエス――今はもうロザリー・ルーウェンだが、ロザリーさんとの結婚式が行われた。

その結婚式は、シルが少々問題を起こしたり、披露宴では思ってもみなかった展開になったりして、すんなりとはいかなかったが……まあ、無事に終わった。

結婚式の翌日には、ロザリーさんに僕の契約獣であるフェンリルのジュール、飛天虎のフィート、サンダーホークのボルト、スカーレットキングレオのベクトル、フォレストラットのマイル、パステルラビット達も紹介した。それとルーウェン家の皆さんにも、ジュール達が実は成獣であったことを明かしたんだけど……――

みんなは驚きつつも普通に受け入れてくれたので、僕はひと安心したのだった。

「「さがすぞー！」」

《《《《おー！》》》》

披露宴の数日後、僕と子供達は、ジュール達と共にロザリーさんにプレゼントするパステルラビットを捕獲するために森にやって来た。ジュール達を紹介した時、ロザリーさんが動物好きっていうことが判明したからな。

僕達が年明けまで王都にいると知っていたヴァルトさんは、暖かくなってから探しに行けばいいと言ってくれたが、張り切った子供達がそれでは嫌だと言うのだ。なので、僕達は早々にお出かけだ。

まあそもそも、外に遊びに行ったり依頼を受けたりするのを、子供達が年明けまで我慢できるとは思えないしな。

「さて、どっちに行く？」

「「あっちー！」」

行く方向は、いつものようにアレンとエレナが行きたいほうだ。

「そういえば、パステルラビットは青色を探すのか？」

「ぎんいろと」

「あかがいい」

「銀と赤？」

「ヴァルトにぃと」

「ロザリーねぇさま」

「ああ、二人の髪の色か」

「「そう！」」

銀色と赤のパステルラビットか～。確かにその色が揃っていたら、二人のためのパステルラビットって感じがするが……銀色のパステルラビットっているのかな？

「「あ、あおもさがすよ～」」

「ん？　じゃあ、ヴァルトさんとロザリーさんには三匹のパステルラビットを連れて帰るのか？」

「「そう！」」

まあ、パステルラビットの飼育はそんなに手間は掛からないし、餌代もそれほど必要としないので、三匹くらい問題ないか。

「見つかるといいね」

「「みつけるの！」」

「……ははっ、そうだね～」

子供達のやる気が本当に凄い。僕のほうが思わずたじたじになってしまう。

《ねぇ、ねぇ、今日は薬草の採取はするの？》

「「するよ～」」

ジュールの質問に、子供達は元気よく頷く。

依頼を受けて来ているわけではないが、子供達は薬草採取も目論んでいるようだ。

《あらあら、二人とも働き者ねぇ～》

返答する子供達を、フィートが微笑ましそうに見つめていた。

《兄ちゃん、兄ちゃん、あれ、あるかな？　雪に埋まってるキノコ。オレ、あれ探したい！》

「ああ、ユキシタ茸か。あれは雪が深いところじゃないと見つからないから、ここら辺にはないんじゃないかな？」

ベクトルがユキシタ茸を探したがるが、ここら辺の雪はうっすらと積もっているだけなので、もっと山のほうに行かないと見つからないだろう。

《えぇ～。アレン、エレナ、もっと山のほうに行こうよ。ほら、前にいっぱいパステルラビットがいた洞窟とかに行けば、パステルラビットもいっぱい見つかるしさ～》

ユキシタ茸は美味しいからか、ベクトルは採りに行きたくて仕方がないようだ。

「「ん～？」」

しかし、アレンとエレナはあまり興味がなさそうである。

《あんまり売りたくないけど、いっぱい採れば依頼とかで使えるんじゃないの？　兄ちゃん、珍しいキノコだって言っていたし！》

「「うっちゃうのー？」」

《いっぱい採って、ちょっとだけね》

食べものを売るのを嫌がるベクトルが、売ることを提案するなんてなかなかない光景だ。

それを提案するほど、ユキシタ茸を採りに行きたいのか。

《ねぇ、兄ちゃん、あのキノコ売れるよね？》

「まあ、売れるだろうし、依頼も間違いなくあるだろうな」

確か、ユキシタ茸の依頼は毎年出ていたはずだが、あまり達成できる人はいないらしい。見つけづらいキノコだからな。

依頼を受けたら、間違いなくギルドには喜ばれるだろうな。
「「ん～」」
《ほら、アレンとエレナはギルドのランクを上げたいって言ってたじゃん》
ベクトルが一生懸命にアレンとエレナを説得しようとしている。本当に珍しい光景だ。
《ねぇ～、アレン、エレナ、お願い～》
「「う～ん」」
《ほらほら、ヴァルト様のお嫁さんへのお土産にしようよ！》
「「おぉ！」」
ベクトルがロザリーさんのことを持ち出すと、渋っていたアレンとエレナが違う反応を示す。
《きっと喜んでくれるよ！》
「「とりにいこう！」」
《やった～》
子供達はとうとう意見を翻し、ベクトルの希望が通ることになった。
というわけで、僕達は雪が多く積もる山頂のほうへ向かうことにした。
「「もうちょっと？」」
「そうだな、もう少し深いほうがいいと思う」
山を登るとだんだんと雪が深くなってきた。さすがに子供達は歩くのが大変になってきて、大きくなったフィートの背に乗せる。

「「ゆき、いっぱいだね～」」

「そうだな。どうだろう、ここら辺ならもうユキシタ茸もありそうだな」

そして、積雪量が僕の膝下くらいの深さのところで、登るのを止める。

《探してみる！》

すぐにベクトルが辺りの匂いを嗅ぎ、ユキシタ茸を探し始める。

《ここだー！》

すると、すぐに何かを見つけたようだ。

ベクトルは頭から雪に突っ込み、雪をずぼずぼと掘っていく。

《あったー！》

無事に一個目のユキシタ茸を発見したようだ。

「お、まあまあの大きさだな」

ベクトルが見つけたのは、直径が十センチほどのものだった。

ユキシタ茸は上に積もる雪が多ければ多いほど、大きくて美味しいものになる。この大きさだと……中の下くらいかな？

それを見て、ジュールが首を傾げる。

《去年採ったものよりちょっと小さめかな？》

「まあ……そうだね。でも、これでも美味しいだろうな」

去年採ったユキシタ茸の大きさは、平均で十四、五センチ。一番大きくて十七、八センチはあったと思う。それに比べれば確かに小さめだ。だがまあ、この大きさでも美味しいんだけどな。

《むぅ～……兄ちゃん！　もっと上に行こう！》

ジュールもベクトルを煽るつもりはなかっただろうが、ベクトルは去年より小さいという言葉がお気に召さなかったようだ。

「ここら辺のものでも十分に良いものだよ」

《ヤダ！　もっと大きいのを見つけたい！》

「……」

ベクトルは完全にやる気になってしまったようだ。

「僕もこれ以上登るのは大変なんだよ」

《じゃあ、兄ちゃん達はここら辺にいて！　オレ、行ってくる！》

「……」

実際はまだ登ろうと思えば登ることはできるだろうが、戻るのが大変になってしまう。なので、それとなく伝えてみたのだが、ベクトルはそれでも止まる気配がなかった。

「あ～、そうだな……ボルト、マイル、ベクトルと一緒に行ってくれるか？」

《はい、任せてください！》

《わかったの！　ベクトルの面倒を見るの！》

ベクトルは普段から、わりと単独で自由にさせていることが多いが、何となく今日は危ない気がしたので、お目付け役にボルトとマイルを付けることにした。ボルトもマイルも僕の気持ちを汲み取ってか、快く引き受けてくれる。

「ベクトル、ボルトとマイルから離れちゃ駄目だよ」

《わかった！　――マイル、早く乗って！》

《も～、ベクトル、ちょっと落ち着くの！》

僕が許可を出すと、ベクトルはマイルを急かすように背に乗せ、山頂に向かってずぼずぼと雪を掻き分けながら駆けて行ってしまった。

《じゃあ、兄上、ぼくも行ってきます》

「あ、待って。これこれ！」

ボルトが慌てて二匹を追いかけようとするので、僕は急いでボルトにマジックバッグを渡す。

《あ、そうですね。預かります》

「気をつけてな～」

《はーい》

ボルトはマジックバッグを受け取ると、もう姿が見えなくなったベクトル達を追いかけて飛んでいく。

《大丈夫かな～？》
《山の雪を全部溶かすようなことをしないといいのだけど……》
「……え？」
三匹の姿が見えなくなったところで、ジュールとフィートが呟いた言葉に僕は戦慄した。
「ボルト、マイル、頼むな～」
絶対にないとは言い切れないことなので、僕はボルトとマイルに向かって祈るように願っておいた。災害を起こさずに無事に帰って来てくれ、とね！
《お兄ちゃん、言い出したボクが言うのも何だけど、きっと大丈夫だよ》
《そうね。ボルトとマイルがしっかり見張ってくれているものね》
「そ、そうだよな」
ジュールとフィートの言葉に、何とか気持ちを落ち着かせる。
《それで、お兄ちゃん、ボク達はここら辺でユキシタ茸の採取をする？》
僕が落ち着いたところを見計らって、ジュールがこの後どうするか尋ねてきた。
「いや、ユキシタ茸はベクトル達に任せて、僕達はパステルラビットを探そうか。もともとの目的はそれだしね」
《それもそうね。きっとベクトルがいっぱい採ってきてくれるものね》
というわけで、僕達は当初の予定通りパステルラビットを探すことにしたのだが――

「「あっ！　いた！」」

「いた？　パステルラビットか？」

「「そう！」」

すぐにアレンとエレナがパステルラビットを見つけたようで、茂みの中に潜っていく。

《さて、何色のパステルラビットがいるかな～？》

《アレンちゃんとエレナちゃんなら、赤と青は確実にいるんじゃないかしら？》

「そうだな。それに一、二匹じゃなくて、いっぱい連れてきそうだよな～」

僕はジュールとフィートと一緒に、子供達が連れ帰ってくるパステルラビットの色と数を予想する。

「「おにぃちゃん、いっぱいいたよ～」」

案の定、アレンとエレナは複数のパステルラビットを抱いて戻ってきた。

「六匹か」

《えっと、アレンが抱いているのは、赤、緑、ピンクだね》

《エレナちゃんのほうは、青、紫、黄色ね》

「さすがだな。見つけたい三色のうち二色がいたか～」

銀のパステルラビットはそもそも存在しているかどうかがわからないので、ほぼほぼ目的は達成できたと言える。

「これで充分だと言いたいが……」

「「だめー！」」

「ぎんいろのこも」

「さがすの！」

「だよな～」

アレンとエレナがこれで満足するとは思えないので、パステルラビット探しは続行だな。

ただ、決めておかないといけないこともある。

「銀のパステルラビットが見つけられなくても一泊まで。明日には街に戻るからな。いい？」

「「わかったー」」

とりあえず、期限だけはしっかりと決める。じゃないと、ずるずると何日も探すことになりそうだからな。

「それじゃあ、その子達はまた籠(かご)に入れておくか」

「「うん！」」

僕が《無限収納(インベントリ)》から大きめな籠を取り出すと、アレンとエレナは手慣れたようにパステルラビットを入れていく。

「いつも思うし、いつも言っているが……本当に逃げないよな～」

《うん、ボクもいつも不思議に思う》

《何を基準に危険と判断しているか、聞いてみたいわよね～》
そもそもパステルラビットはとても臆病で警戒心が強く、なかなか見つからないし、見つけてもすぐに逃げてしまうのだ。
しかし、アレンとエレナが見つけてくる個体はまったく違っていて、今もジュールとフィートが籠に顔を近づけるが、パステルラビット達はのんびりとしている。
二匹とも種族で言えば猛獣の類なんだけどな～。不思議である。
「まあ、考えても原因はわからないし、気にしないで次に行こうか」
《それもそうだね～》
《アレンちゃん、エレナちゃん、次はどっちに行くのかしら？》
「「あっちー」」
深く考えるのは止め、僕達は再び子供達が示す方向へと移動する。
「「あっ！」」
しばらく歩くと、子供達がまた何かを見つけて茂みに潜っていった。
《お？　いたかな？》
《銀のパステルラビットがいるといいのだけど、どうかしらね～》
「白と灰色ならいるから、それで妥協してくれるといいんだけどな～」
《無理じゃない？》

《無理じゃないかしら？》

「……」

ジュールとフィートが少しの希望もくれない。

思わず黙っていると、アレンとエレナが嬉々とした様子で戻ってきた。

「「おにぃちゃん、みてみて～」」

「何だ？　銀色のパステルラビットがいたかい？」

「「それはいなーい。でもね！」」

目的のパステルラビットが見つかったのかと思ったが違ったようだ。

「とりさんも」

「みつけた～」

「へ？　鳥？」

「「とり～」」

「んん？」

喜んでいる理由は鳥らしいが……鳥？

野球ボールくらいかな？　アレンが片手で掴めるくらいの、もふもふで真っ白い丸いものを持っているが……まったく鳥に見えなかった。

『ぴぃ』

「あ、鳴いた」

先ほどまで見ていたのは背中側だったのだろう。白いもふもふがもぞもぞと動くと、黒いつぶらな瞳と小さな嘴が見えた。

「本当に鳥だ。でも、魔物じゃないよな？」

魔力を感じないので、ただの鳥なのだろう。

僕が手のひらを上にして差し出せば、鳥は無警戒でそこに乗ってくる。

それにしても小さい鳥だな～。以前出会ったバトルイーグルの雛よりも小さい。

「えっと……えっ⁉　オーロラバード⁉　本当に⁉」

何の鳥かわからなかったのですぐに【鑑定】で調べてみると、オーロラバードという種類の鳥だということがわかった。

オーロラバードは、月光に当たると白い毛がオーロラのように光ると言われている、非常に珍しく稀少な鳥だ。しかもこの個体は、小さいが雛ではなく、成体のようだ。

「どこにいたの⁉」

「パステルラビットと～」

「いっしょにいた～」

「はぃ⁉　え、だって今回はパステルラビットを連れていなかったよね？」

戻ってきた子供達はパステルラビットを抱えていなかったよな？　あれ？　でも……先ほど子供

達は「とりさん〝も〟」と言っていた気がする！

《お兄ちゃん、お兄ちゃん》

「どうした、ジュール？」

《足元にいっぱいいるよ～》

「……え？」

ジュールに指摘を受けて足元を見ると――パステルラビットが寛いでいるではないか！

「うわっ！　いつの間に⁉　何匹いるんだ？」

《兄様、間違っていなければ七匹いるわよ》

七匹……じゃあ、これで合計十三匹だな。

「「んにゅ？」」

「アレン、エレナ、どうした？」

「「にひき、たりなーい？」」

「え、まだいるの？」

「きゅうひき、いたの～」

「ちょっとまってね～」

アレンとエレナは慌てて茂みの奥に舞い戻っていった。

パステルラビットは九匹。合計十五匹になるらしい。

「『いたいた～』」

すぐに子供達は一匹ずつ、パステルラビットを抱えて戻ってきた。

「えっと……その子達は僕達と一緒に行きたくないいんじゃないのか？」

「そんなことないよ～」

「ねてるだけ～」

「……」

暢気に寝ていたのか。パステルラビット特有の警戒心はどこにいったんだか……。

「じゃあ、連れて行っていいんだな」

「『うん』」

「やさしい」

「かいぬしさん」

「『さがすのー』」

優しい飼い主に当たるかどうかは、はっきり言って運によるものだけどな。

「それで、このオーロラバードはどうするんだ？」

「ぎんのこ、いなかったから」

「とりさん、かわりにするね」

「……そうなのか」

どうやら、銀色のパステルラビットを諦め、オーロラバードをヴァルトさんとロザリーさんへのお土産にするつもりのようだ。

オーロラバードのほうも捕まえているわけではないのに逃げないところを見ると、連れて行かれて飼われるのもいいと思っているのだろう。

「『よろこんでくれるかなー?』」

「そうだな。ロザリーさんは喜んでくれるんじゃないか?」

ヴァルトさんのほうは怒りそうな気がするけどな!

まあ、怒られるかどうかはともかく。目的のものは見つけたということで街に戻ろうかと思ったのだが、子供達が外泊を希望した。なので、まずはベクトル達と合流した。

《兄ちゃん! いっぱい採ってきたよ!》

ベクトルはユキシタ茸をたっぷりと採取してご機嫌そうにしていたが、ボルトとマイルは少々疲れた様子だった。

「ボルト、マイル、大丈夫か?」

《はい、大丈夫です。少し疲れただけです》

《ベクトルが体力おバカなだけなの!》

いろいろと振り回されたようだ。

「二人に任せっきりにしちゃってごめんな」

《謝らないでください！　ぼくは役に立って嬉(うれ)しいんですから！》

《そうなの！　謝るんじゃなくて、褒(ほ)めてほしいの！》

「それもそうだな。ボルトもマイルも頑張ってくれてありがとう」

あ、これは〝褒める〟じゃなくて〝お礼〟だな。

だがまあ、とりあえずいっぱい撫(な)でておこう。

《なになにー？　ボルトとマイルだけじゃなくて、オレも撫でて～》

ボルトとマイルを労(いたわ)わるように撫でていたら、ベクトルが暢気に混ざってきた。

うちの子達は全員、わりと体力は有り余っているが、ベクトルは無尽蔵(むじんぞう)って感じだよな。

「まだ早いけど、今日は家を出すところを探して室内でまったりしようか」

というわけで、僕達は良さそうな場所を探し、そこで《無限収納(インベントリ)》から家を出して室内でゴロゴロすることにした。

この家は、ルイビアの街で職人さんに作ってもらったもので、こうして外で泊まる時に使えるように、《無限収納(インベントリ)》に収納してあるものだ。

そして、日が暮れてから晩ご飯の準備に取り掛かる。

「ご飯は何にするー？」

《兄ちゃん、兄ちゃん、せっかくだからユキシタ茸を食べようよ！》

「それもそうだな。みんな、それでいい？」

「《《《いい！》》》」

ベクトルの提案で、ご飯はユキシタ茸を使った料理にすることは決まったが——

「キノコ料理、キノコ料理……」

キノコ料理がすぐに思いつかなかった。

えっと、前は確か……鍋にしたはずだ。なので、それ以外のものにしたい。

あ！　炊き込みご飯に天ぷらなんていいんじゃないか？

何種類かのキノコを混ぜてご飯を炊いて、天ぷらは……ユキシタ茸、エビ、キスはないので何かの白身魚、アマ芋、イシウリ……あ、ナスを見つけたのでそれもいいかも。ちくわも食べたいところだが、ないので諦めよう。

あとはイカもいいな。奮発してクラーケンでいこう。種類はこのくらいでいいかな？　でも、物足りなかったら困るので、ササミ肉やバラ肉も天ぷらにしておこう。足りなかったら食べればいいし。足りたら後日丼ものにしてもいいしな。

で、それにミソ汁とお浸しあたりでいいだろう。

「よし！」

「「きまったー？」」

「決まったよ～」

「「なーに？」」

「キノコのご飯と天ぷらだよ」

「「りょうほうすき！」」

「そうか、それは良かった。でも、天ぷらは前より豪華にするぞ〜」

「「たのしみ！」」

炊き込みご飯はこれまでにも具材を変えていろいろ作ってきた。ただ、天ぷらは一度作っただけで、その時は菜食主義のエルフ、オズワルドさんのところで作ったから、野菜のみだったんだよな。なので、今日は魚介をたっぷりと揚げよう。

「アレンとエレナはご飯用のキノコを用意してくれる？」

「「はーい」」

子供達にはご飯用のキノコを適度な大きさに手で割いてもらう。

その間に僕は白麦――元の世界で言うお米に、水と調味料を入れたものを用意しておく。

「キノコはここに入れておいて」

「「いっぱいいれていいー？」」

「いいけど……ほどほどにしてね」

子供達の〝いっぱい〟がどの程度かわからないが、「いいよ」と言ったら最後、とんでもない量のキノコを入れそうな気がしたので、躊躇いがちの返事になってしまった。でもまあ、炊飯器から溢れるほど入れることはないだろう。

「「ごはん、たいていいー？」」

「うん、お願い」

子供達はキノコを入れると、慣れたような手つきで魔道具を操作する。

あ、キノコの量については許容の範囲内だったよ！

「「つぎはー？」」

「ミソ汁の具を考えて～」

「「えっと……」」

子供達が悩んでいる間に、お浸しはシンプルにほうれん草――エナ草を削り節とショーユで和えてしまう。

「「おにぃちゃん、おいもがいいー」」

「了解。アマ芋は天ぷらにするから、マロ芋にしようか」

「「うん！」」

天ぷらの具材を用意しながらミソ汁も作っていく。

「今から揚げものをするから、二人は離れていてな～」

「「はーい」」

天ぷらの衣はかなり適当なので、さすがに揚げてしばらく経ってもカラッとサクサクしたまま……という状態を維持できるようなものは作れない。だが、揚げ立てを《無限収納》に入れておけば、いつでも熱々サクサクで食べられるのだ！
「「できたー？」」
「できたよ～。食べようか」
「「うん！」」
ご飯などを盛り付けて、早速食べ始める。
「「さくさくだ！」」
《本当だ。美味しい！》
《魚介はぷりぷりね》
《イシウリとアマ芋はホクホクです》
《ユキシタ茸！　やっぱり美味しい！》
《頑張ったかいがあったの！》
みんな気に入ったようだ。
とはいっても、うちの子達が気に入らなかったご飯のほうが少ない……というか、ないような気がする。あ、宿で出たサラダくらいか？　普段は僕が調味料を出しているけど、宿では塩だけの味付けだから嫌がっていたんだよな～。まあ、それもマヨネーズを出したら食べてくれるようになったけどな。
好き嫌いがないのはいいことだが、ここまで嫌いな食べものがない子供も珍しいよな～。

「アレンとエレナは嫌いな食べものはないのか？」

「「うにゅ？　……おさけ？」」

「お酒!?　それは好きだと言っても飲ませないから安心して。それ以外ではある？」

「あれ！　にがいおちゃ！」

「あとね、あまくないカヒィ！」

「ああ……まあ、それらはそうだね」

お酒はもちろん、緑茶やブラックコーヒーは、子供はあまり飲まないものなのだから、当たり前である。というか、全部飲みものだよ！

「じゃあ、苦いものが苦手ってことかな？」

「「にがいのは、や～」」

そういえば、苦い野菜というものに出会ったことがないか？

子供の嫌いな野菜代表のピーマンもそうだが、ゴーヤもまだ見てないな。ゴーヤとか食べさせてみたらどういう反応をするんだろう？　まあ、食べさせる前に探すところから始めないといけないんだけど……ちょっと本格的に探したくなってきた。見つかるとしたら他の国か迷宮かな？

《あら、兄様が何かを企んでいるわ》

「「そうなの？」」

「そ、そんなことないよ」

悪戯めいたことを考えていたら、フィートに見咎められてしまった。

「今度はどこの迷宮に行こうか考えていただけだよ」

「「めいきゅう、いく！」」

《ボクも行きたい！》

《オレもオレも！　早く行こう！》

なので、慌てて言い訳っぽいことを言うと、子供達は大いに喜んだ。

「王都での用事が終わってからな」

とりあえず、オークションに参加するまでは王都にいる予定なので、それまでに次に行く迷宮を吟味しておくことにしよう。

◇　◇　◇

翌日、街に戻った僕達は、真っ直ぐにルーウェン邸へと帰宅した。

本来なら、冒険者ギルドに寄ってパステルラビットの依頼を探し、引き取ってもらうところなのだが、子供達が一度ロザリーさんに見せたいと言い出した。その気持ちもわかるので、十五匹のパステルラビットは一旦連れて帰ることにした。

それにさ、ヴァルトさんに頼まれたのは青のパステルラビット。子供達の独断と偏見で赤、銀色……まあ、銀のパステルラビットはいなくて、真っ白のオーロラバードに落ち着いたけどね。

その三匹は是非ともロザリーさんに引き取ってもらいたいが、もしかしたらロザリーさんにも好きな色とか、飼ってみたい色の希望とかがあるかもしれないからな。見せるついでに希望を聞いてみようと思う。

折よく、今日はヴァルトさんも家にいたので、ロザリーさんと揃ってお披露目(ひろめ)ができた。

「まあ！」

「……うわ～」

ロザリーさんはうっとりとした表情でいかにも喜んでいそうな様子だったが、ヴァルトさんは呆(あき)れたような表情だ。

「『ロザリーねぇさまには～』」

「あおいこと～」

「あかいこ～」

「どちらも可愛いですわ」

ロザリーさんは子供達から青と赤のパステルラビットを受け取ると、しっかりと抱きしめていた。

「……さすがにこの数はおかしいだろう！」

「アレンとエレナにかかると、ほいほい見つけてくるんですよ」

「ほいほい見つけたとしても、普通は逃げられるだろうが！」

「それが逃げないで寄ってくるんですよね～。不思議なことに」

「はぁ!?」

僕がパステルラビットを見つけた時の状況を説明すると、ヴァルトさんが予想通りの反応を示してくれる。

「うちのジュールやフィートがいきなり顔を近づけても、大した反応を見せないで寛ぎますからね」

「……」

ヴァルトさんは頭が痛い……とばかりに眉間を揉みこんでいた。

「「ヴァルトにぃ～」」

「……おう、どうした？」

「このこも」

「かってね～」

アレンとエレナが手のひらに乗せたオーロラバードを差し出す。

「毛玉……じゃなくて、鳥か？　雛？」

「「オーロラバードだって～」」

「……おい、タクミ？」

ヴァルトさんはオーロラバードの姿は知らなかったようだが、名前は知っていたようだ。

子供達から種類を聞いた途端、僕のほうを真っ直ぐに見つめてくる。

……説明をしろ、という無言の圧力を感じるな～。

「子供達が見つけました。以上です」

「おい！」

「いや、それ以上の説明がないんですって～」

事実、子供達が「『あっ！』」と声を上げて茂みに入り、帰ってきたらもう連れてきていたんだからね。一応、そのことを話すと、ヴァルトさんは頭を抱えてしまった。

「……おまえら、本当に何やっているんだよ」

「いやだな、特に変な行動はしていませんよ」

「そうだな。行動自体は変じゃない。多少腑に落ちないところもあるが……まあ、一般的な行動だと言える。ということは！　おまえ達の存在自体が変だということだな！」

「酷っ！　存在を否定⁉」

「否定はしていない！　変だと言っている！　何でいつもいつも、とんでもないことをしでかすんだよ！　何だよ、このパステルラビットの数は！　それに、オーロラバードだって？　そんなのを見つけたら、問題にならないわけがないだろうがっ‼」

ヴァルトさんは、かなり怒っているようだ。

「パステルラビットが大量なのは……えっと、もう四回目です。それは諦めてください。で、オーロラバードのほうですが、僕だって珍しいのは知っていますよ。だけど、見つけちゃったんですもん。そして、逃げないんですもん！　連れて帰るしかないじゃないですか！」

「元いた場所に置いてくるっていうのがあるだろう！」

「おいてくるの」

「かわいそうだよ」

ヴァルトさんと言い合いの形になると、アレンとエレナから援護が入る。

「そうですよ！　置いてくるなんて可哀想ですわ」

「……え？」

それどころかロザリーさんからも援護が入って、それにはヴァルトさんも驚きの表情を見せる。

まあ、自分の新妻が自分の味方をしてくれなかったわけだし、それは予想外だよな。

「アレンさんとエレナさんから聞きましたが、この子は保護を求めて来たのですよ。それを置いてくるなんて絶対に駄目ですわ！」

ロザリーさんは二匹のパステルラビットと一緒にオーロラバードをしっかりと胸に抱えながら、ヴァルトさんに物申していた。

「で、でもな、ロザリー。オーロラバードの存在を人に知られたら、大騒ぎになるのは間違いないんだぞ？」

「人に知られないようにしましょう！」

「いやな、そうは言っても……無理があるだろう？」

「お世話はしっかりわたくしがしますし、お散歩はお庭で我慢してもらいますから……お願いします！」

「うっ……」

ロザリーさんが横に座っているヴァルトさんを見上げ、懇願するように見つめる。すると、ヴァルトさんは言葉を詰まらせた。

まあ、新妻から上目遣いでお願いされたら……こういう反応になるよな～。

『ぴぃ～』

オーロラバートも〝お願い〟と言わんばかりの訴えるような瞳でヴァルトさんを見つめる。というか、オーロラバードって自分から売り込むくらい、飼われたいと思っているんだな～。

「……ヴァルト様」

『……ぴぃ』

「くっ……わかった。客とかには見つからないようにするんだぞ」

「ありがとうございます」

『ぴぃ！』

ロザリーさんとオーロラバードの上目遣い攻撃に、ヴァルトさんもついに折れた。

「「よかったね～」」

『ぴぃ～』

子供達とオーロラバードが喜び合っている。会話が成り立っているような不思議な光景だ。

「「ロザリーねぇさま～、かわいがってね～」」

「はい、もちろんです」

『ぴぃ』

「はい、こちらこそよろしくお願いします」

あれ？　ロザリーさんとオーロラバートも地味に通じ合っている？　まさかな、偶然だよね？

「「ロザリーねぇさま～」」

「はい、何でしょうか？」

「パステルラビットは？」

「にひきでいい？」

「え？　えっと……どういうことでしょうか？」

「「もっといらない？」」

「……」

アレンとエレナはロザリーさんに他に欲しいパステルラビットがいないか確認する。

すると、ロザリーさんは少し悩んだ素振り（そぶり）を見せた後、何かを決意したように僕達のほうを見てきた。

「あ、あの、お願いが……あるのですが……」

「「なーに？」」

「その……ゆ、友人に、譲ることをお許しいただけるでしょうか？」

ロザリーさんは友人にもパステルラビットを贈りたいようだ。

「「ゆゆうじん？」」

アレンとエレナは不思議そうな顔をしながら首を傾げていた。

〝友人〟という言葉を聞き慣れていないのもあるが、ロザリーさんが少し言葉を詰まらせたせいでもあるかな？

「アレン、エレナ、友人。友達のことだよ」

「「おぉ！　ともだち！　いいよ！」」

アレンとエレナは二つ返事で了承する。

「いいのですか？」

「「うん、いいよ～。なにいろがいい？」」

「タクミさん、本当によろしいんでしょうか？」

アレンとエレナが軽い感じで了承するので、ロザリーさんは僕にも確認してくる。

「もちろんですよ。あ、でも、ここにいるパステルラビットで足りますか？」

「え、あの、譲りたい友人は二人なので、二匹いれば……」

「遠慮しなくても、ここにいる子は全部大丈夫ですよ？」

「い、いえ、その、わたくしと仲良くしてくれる人は少ないので……」

「……」

あ、しまった。わざとではないが、地雷を踏んだような気がする。

ロザリーさんは学生時代にいろいろあったって言っていたからな、きっと仲良くしている人物は少ないのかもしれない。

「上辺だけの友人がうじゃうじゃいても煩わしいだけだし、無二の友は二人もいれば充分だろう。で、ヴァッサー夫人とクラーク夫人は何色が好きなんだ？」

どう返答しようか考えていると、ヴァルトさんが助け舟を出してくれた。

というか、今、ヴァッサー夫人と言ったか？　ヴァッサーと言えば、先日の披露宴で知り合った騎士団の副団長、レジナルドさんのことだ。

「レジナルドさんの奥さんですか？」

「いや、副団長の長男――レオナルド先輩の奥方だな。レオナルド先輩は、俺の学園の先輩でもあるが、騎士の先輩でもある。あ、そういえば、先輩には息子がいたな」

「じゃあ、やっぱりパステルラビットは一匹じゃなくて複数のほうがいいんじゃないですか？」

「どうだろう？　まだ小さいはずだしな～。その辺は本人に確認したほうがいいだろうな。タクミ、その確認が終わるまで、そいつらはうちに置いておいてもいいか？」

「もちろん、いいですよ。アレンとエレナもいいよな？」

「「うん、いいよ～」」

残りの十三匹のパステルラビットは、譲る人達の希望を聞くことになったので、とりあえずルーウェン家にいてもらうことになった。

「悪いな。残ったパステルラビットは冒険者ギルドに持ち込むつもりでいたんだろう？　それができない分の補填は俺がするから」

「いえいえ、一応、お祝い名目ですので、補填は結構です。そもそも、パステルラビットは可愛がってくれる人を探すのが目的で、金銭は二の次ですので気にしないでください」

もともとパステルラビットを売るという形には忌避感があったので、知り合いに譲るのが一番僕の心にも優しいのだ。

「おにぃちゃん、おにぃちゃん」

「どうした？」

「テオドールくんと」

「ラティスくんにも」

「「あげるー？」」

「ああ、そうだな。リスナー家にも聞いたほうがいいかもな」

僕の後見をしてくれているもう一つの家、リスナー伯爵家。その家の当主、セドリック・リスナーさんの息子達、テオドールくんとラティスくんにも以前、パステルラビットを一匹譲っている。

だが、あそこは娘さんもいて、三人兄弟だ。三人で仲良く可愛がっているならいいが、取り合いにでもなっていたら大変なので、聞くだけ聞いておいたほうがいいだろう。

あと、せっかく面識を得たので、王弟のリシャール様にも奥方にどうかと手紙を出そう。たぶん、失礼にならないと思うしな。

というわけで、僕達はすぐに手紙を書くことにしたのだった。

第二章　お茶会をしよう。

ロザリーさんは友人二人に、僕はリスナー家と、リシャール様が婿入りしたフォード家、それと……王様のトリスタン様に手紙を出した。

王妃のグレイス様と王太子妃のアウローラ様にはパステルラビットを一匹ずつ譲っているが、王孫のユリウス様には譲っていないのを思い出したからだ。まあ、グレイス様とアウローラ様が飼っているパステルラビットを一緒に可愛がっている可能性もあるが、念のために聞くだけ聞いてみることにしたというわけである。

それと、ヴァルトさんがオーロラバードを保護したことをトリスタン様にも報告したほうが良いと言うからな。パステルラビットがメインで、オーロラバードがついでの内容だ。

「もう返事が来たんですか？」

驚くことに、手紙を出した翌日、全部の返事がルーウェン家に届けられていたのだ。

「ふふっ、そうね。あ、タクミさん宛ての手紙は、一応、我が家宛てでもあったから、先に内容を確認させてもらったわよ。――はい、これね。タクミさんも確認してちょうだい」

「お手数をおかけしてすみません」

僕はルーウェン伯爵夫人で、アレンとエレナが〝おばあ様〟と呼んで懐いているレベッカさんから手渡された手紙を早速確認してみる。

「うわ～～～」

「「どうしたのー？」」

一通目、トリスタン様からの手紙は、もの凄く簡潔なものだった。『明後日、来い』だって。

まあ、オーロラバードのことを説明しに来いってことだろうね。ということは、オーロラバードもこっそり連れて行かないといけないのかな？　人目につかないようにしないとな～。

まあ、ポケットにでもすっぽり入りそうだし、どうとでもなるか。でも、安全性を考えるなら蓋のある籠に入ってもらったほうがいいかな？

あとは、パステルラビットは何色でもいいが一匹欲しいというのも締めくくりに書かれていた。

「明後日、お城においでって。ユリウス様にパステルラビットを連れて行くから、一匹選んでおいて」

「「わかった～」」

色は何色でもいいようなので、アレンとエレナに一匹確保しておくように言った。

「……ん？　んん!?」

「こんどは」

「なーに？」

二通目、三通目はリスナー家とフォード家からだ。二家は是非ともパステルラビットを譲り受けたいという内容で、早速譲り受けるために本日お伺(うかが)いしても良いか……という内容だった。

「えっと……今日ですか？」

「ふふっ、ロザリーさんのほうに来た手紙も、似たり寄ったりの内容だったみたいよ」

「本当ですか？」

どうやら、ヴァッサー家とクラーク家からもすぐに伺いたいという内容の手紙が来ているようだ。

「「なになに？　おしえてよ～」」

「えっとな、みんな、パステルラビットを貰(もら)いたいって」

「「おぉ～」」

僕とレベッカさんのやり取りだけでは意味がわからなかったのだろう。アレンとエレナは僕の服を引き、内容を教えろと訴えてくる。

簡潔に教えれば、嬉しそうに微笑んだ。

「ということは……四つの家が今日、来たいって言っているってことですか？」

「そうみたいね。一応、四家には了承の返事を出しておいたわ。ご家族でどうぞってね。ああ、それと、同席者もいるという内容でね。まあ、小規模なお茶会だと思えばいいわ」

……なるほど、ルーウェン家主催(しゅさい)のお茶会に四つの家から参加者ってことだね。

って！　唐突(とうとつ)なお茶会主催(しゅさい)だなんて、準備が大変じゃないのかな!?

「すみません！　ご迷惑をおかけして！」

「急な来客はよくあることだから大丈夫よ。午後からですから、時間に余裕はありますしね。それに良い機会ですから、采配はロザリーさんに任せてみたの」

「え、じゃあ、ロザリーさんが忙しくしているんですね」

「アルメリアさんに補佐をお願いしたから大丈夫でしょう」

……夫人教育の一環かな？　ロザリー様と長男グランヴェリオさんの奥さんであるアルメリアさんが対応に追われているようだ。

……レベッカさんは意外とスパルタだったりするのだろうか？

「あら、何かしら？」

「い、いいえ！　何でもありません」

僕が不穏なことを考えたからか、レベッカさんがそれはもう……良い笑顔でにっこりと微笑む。

「あ、そうだ！　まだ早いかもしれませんが、ルカリオくんにもパステルラビットはいかがですか？　レベッカさんが飼っている子の番としてでもいいですけど！」

笑顔が若干怖かったので、僕は無理やりレベッカさんの孫であるルカリオくんの話題を振った。

「ふふっ、あら、いいの？」

するとレベッカさんは笑ってその話題に乗っかってくれた。

「「いいよ！」」

「ありがとう。じゃあ、今日来るお客様が選んだ後に、うちの子のお婿さんを選ばせてもらおうかしら」

レベッカさんが飼っているパステルラビットは雌だったか？　譲った時、鑑定で見た情報を教えたが、誰のが雌で誰のが雄だったかは覚えていないな～。

「先に選んだほうが、好きな色の子にできますよ」

「ありがとう。でも、大丈夫よ。どの色の子もとても可愛いもの」

「そうですか。それならいいんですが……あ、雄が残るとは限らないんじゃないですか？」

「あら、それならお友達を選ぶだけよ」

「ですよね～」

無理に番にする必要はないので、雌雄はどちらでもいいようだ。

「じゃあ、そうなると……残りは三匹かな？」

十五匹連れ帰って、レベッカさんに一匹、ロザリーさんのところに二匹、ユリウス様に一匹、今日来る四家にそれぞれ二匹として……残りは三匹かな？

「「さんびき、のこっちゃうー？」」

「予定ではな。まあ、今日来る人達で、二匹以上欲しいって言ったら、貰ってもらえばいいさ」

「「そうだね～」」

そういえば、ヴァッサー家のレジナルドさんには娘がいるって言っていたから、その令嬢がもし欲しいなら譲ってもいいのかもな。

「じゃあ、今回は全員引き取ってもらえるかもしれないし、とりあえずはギルドに出ている依頼は受けなくても大丈夫だな」

「「おぉ～、よかったね～」」

「そうだな。じゃあ、今のうちにお城に連れて行く一匹を選んで除けておいて、お茶会の準備の手伝いがないか聞いてこよう」

もしかしたら手伝えることはないかもしれないが、ロザリーさんとアルメリアさんに確認してみよう。

「あら、手伝ってくれるの？」

「僕達が原因のようなものですからね」

「ふふっ、タクミさんならそう言ってくれると思っていたわ」

「もしかして、僕にできる仕事がありますか？」

「ええ。タクミさんにはお茶請けをお願いしたいのだけど、今からでも間に合うかしら？」

なるほど、お茶菓子ね。それなら、手伝うことができるな。

「何品も作れと言われれば辛いですけど、一、二品なら問題ないですね」

「本当？　それならお願いしてもいいかしら？」

「もちろんです。じゃあ、すぐに取り掛かりますね」

レベッカさんに断りを入れて、僕達はすぐに厨房へと向かうことにした。

「「おにぃちゃん、なにつくるー？」」

「ちょっと待ってな。今、考えるから」

さて、何を作ろうかな。できれば新作がいいけれど……すぐに作業に取り掛からないといけないから、思いつかなかったら……パウンドケーキとかが無難かな。

「アレンとエレナも、厨房に着くまでに食べたいもの考えてみて」

「「は～い」」

僕達は何を作るか悩みながら厨房に向かった。


「さて、どうするかな～。――二人とも何か思いついたかい？」

厨房に着いた僕は、まずアレンとエレナに意見を求めた。

「「はいはい！」」

「はい、アレンくん、エレナさん、どうぞ」

「はい！　アレンは、ヨーグルのおやつがいいです！」

「はい！　エレナもヨーグルのがたべたいです！」

「ヨーグルね」

そういえば、ヨーグル――ヨーグルトを使った甘味はまだ作っていなかったな。

「うん、いいね。ヨーグルトで何か作ろうか」

「「やったー！」」

僕はパンケーキの生地を揚げ、砂糖をまぶしてドーナツにしてはどうだろうと考えていた。

ドーナツとヨーグルト味の甘味……ヨーグルトアイスとかヨーグルトゼリーは、とても合いそうなので、今日のおやつはそれで決定だな。

「アレン、エレナ、アイスとゼリーだったらどっちがいい？」

「「どっちも～」」

「あ、うん、そう言うと思った。まあ、どっちも簡単だし、とりあえず両方作るか～」

「「やったー！」」

提供するかはともかく、作っておいて損はないしな。

「アレンは生クリームに砂糖を入れて泡立ててくれるかい？」

「は～い」

「エレナはー？」

「エレナはヨーグルに砂糖を混ぜて、それから牛乳を少しずつ混ぜていって」

「は～い」

まずはアイスとゼリーを同時進行だ。

アイスはヨーグルトと泡立てた生クリームと砂糖を混ぜて、アイスクリームメーカーで凍らせる。

瞬間冷凍でも味は美味しいのだが、やはり手間をかけて凍らせたほうが舌触りが滑らかになるので、アイスクリームメーカーは本当に作ってもらって良かったよな～。

ゼリーはヨーグルトに砂糖と牛乳を入れ、煮溶かしたスライムゼリーを混ぜて冷やすだけ。ヨーグルトは加熱し過ぎると分離するはずだから、今回は加熱しないで作ってしまう。材料はどれも新鮮なので大丈夫だろう。

どちらもレモン果汁を入れてもいいかもしれないが、今回はヨーグルト本来の酸味の味わいにしようと思う。

「ポチッとな♪」

「ゼリーはできたし、アイスもあとは待つだけだな」

「おにぃちゃん、エレナもポチッとしたい！」

「え？」

アイスクリームメーカーのスイッチをただ押すだけだが、アレンが押したのを見てエレナもやりたいと言い出した。

「……まあ、いいけど」

そういうことならもう一度ヨーグルトアイスを作って、今度は最後にベリージャムを混ぜてマーブルにするのもいいだろう。ベリーは……フィジー商会から貰ったミックスベリーのジャムを使うかな。

「じゃあ、エレナ、これを混ぜてな」

「はーい」

「アレンも～」

「じゃあ、アレンはこっちな」

「はーい」

僕は調子に乗って、ミックスベリー味だけではなく、イーチやオレンを混ぜたヨーグルトアイスまで作ってしまった。でも、どれも美味しくできたので、後悔はしていない。

「じゃあ、次はドーナツだな」

「どーなつ？」

「なにそれー？」

「パンケーキの生地を揚げたおやつだよ」

「「おぉ～、おいしそう～。つくろう、つくろう！」」

僕達はさくさくパンケーキの生地を作る。粉は少し多めで〝もたっ〟とよりも固めだ。そして、揚げる準備に取り掛かる。

さすがに輪の形に揚げるのは難しいけど……──

「これが早速役に立つな～」

「「アイスにつかうやつ？」」

「そうだな。でも、それ専用ってわけじゃないから、他のことにも使えるよ」

アイスを抜くカシャカシャを使えば、丸いドーナツが簡単に作れると考えたのだ。

カシャカシャはステファンさんが、サイズ違いで何種類も作ったものを届けてくれたのだ。その中から、今回は揚げやすいように小さめのものを使う。

「じゃあ、揚げてみるから、二人は離れていてな」

「「はーい」」

とりあえず数個揚げてみて、砂糖をまぶし、すぐに味見をしてみる。

「熱いから、気をつけるんだよ」

「「うん！」」

出来立てのドーナツを子供達に渡せば、二人はふぅふぅと息を吹きかけてある程度冷ますと、勢いよく頬張る。

「「はふっ！　んん～～～♪」」

子供達に続き、僕もドーナツを食べてみる。

「あちっ！　――うん、意外と良い感じにできたかな？」

「アレン、これすき～」

「エレナもすき～」

贅沢を言えば、もう少しふわふわのドーナツのほうが好きだが……まあ、初めて作ったことだし、こんなものかな。あ、米粉を使えば、ふわもちなものになるって聞いたことがある。白麦で代用すればいいし、今度はそっちを試してみてもいいな。

まあ、それはまた今度だな。今は今日の分を準備しないと。

「味は良いみたいだし、全部揚げるか～」

「「あげちゃおう！」」

とりあえず、残りの生地も全て揚げてしまう。

あ、そういえば、あんパン、クリームパンを揚げて、あんドーナツ、クリームドーナツっていうのもできるな。それも今度作ろう。

「「コロコロする～」」

「じゃあ、お願いな」

アレンとエレナが、僕が揚げたドーナツを砂糖が入った器の中で転がし、砂糖を満遍（まんべん）なくまぶす。

「よし、これで最後ね」

「「おわり～」」

そういえば、チョコレートでコーティングという手もあったな。でもまあ、それも今度だな。

「えっと、今の時間は……ちょうどお昼か」

「「ごはーん？」」

「そうだな。でも、とりあえず、おやつができたことをレベッカさんに報告しようか」

「「そうだね～」」

お茶の時間、ルーウェン邸にお客様が次々とやって来た。出迎えはロザリーさんとヴァルトさん。
レベッカさんとアルメリアさん。そして、僕達だ。

「ロザリー、改めておめでとう」

「ロザリー、おめでとう」

「セレスティア、オルガ、ありがとう」


まず金髪（きんぱつ）と薄茶の髪の二人の女性が駆け込むように入ってくると、ロザリーさんに抱き着く。

たぶん、友人だと言っていた二人だな。


「「なかよし～」」

「そうだな。仲良しそうだな～」


ロザリーさんは本当に嬉しそうな顔をしている。


「セレスティア、そろそろいいかい？　会えて嬉しいのはわかるが、先に挨拶（あいさつ）をしよう」

「そうね。ごめんなさい」

「オルガも」

「ええ、そうね」

友人二人は、それぞれ旦那(だんな)さんの横に並ぶ。

「本日は急な訪問になり、申し訳ありません。私はレオナルド・ヴァッサーと申します」

「妻のセレスティアです。お言葉に甘えて連れてきてしまいましたが、息子のアルバードです。——ロザリーも初めてよね？」

「こんちゃ」

「ふふっ、可愛い。セレスティアに似ているわ」

まずはヴァッサー家が挨拶をしてくれる。金髪の女性のほうがヴァッサー夫人だったようで、今日は旦那さんと三歳くらいの男の子の三人で来てくれた。

「お初にお目にかかります。私はハリソン・クラークと申します」

「オルガです。それと娘のメアリーです。訪問の許可をいただきありがとうございます」

そして、続いてクラーク家がそれぞれ名乗っていく。こちらは夫婦と一歳くらいの女の子の三人だ。

「皆様方、ようこそいらっしゃいました。精一杯のおもてなしをさせていただきますので、楽しんでいただければ幸いですわ。では、こちらへどうぞ」

レベッカさんが代表して歓待(かんたい)の言葉を告げ、両家の皆様をすぐに談話室へと案内する。

そしてすぐに、レベッカさんとアルメリアさんは退室した。どうやら、二人はお茶会には参加しないようだ。

「ヴァルト、婚姻早々に邪魔して悪かったな」

席に落ち着いたところで、ヴァッサー様が真っ先に謝罪の言葉を告げる。

ヴァルトさんの先輩騎士というだけあって、鍛えられている感じがする男性だ。

「気にしていませんよ。レオナルド先輩、今日は堅苦しいのはなしでお願いします。あ、そうだ、先輩もクラーク殿もタクミとは初対面でしたよね？　――タクミ」

「えっと、初めまして。僕はタクミ・カヤノと申します」

「アレンです」

「エレナです」

「ヴァッサー様、クラーク様、本日は足を運んでいただいてありがとうございます」

ヴァルトさんが話を振ってくれたので、僕と子供達は挨拶をする。

「カヤノ殿、俺のことはレオナルドで構わないよ。父と区別するためにもな。いろいろ話は聞いているよ」

「その節はレジナルドさんには、大変お世話になりました。では、お言葉に甘えまして、レオナルド様と呼ばせていただきます。僕のことは是非〝タクミ〟とお呼びください」

「そこは呼び捨てか〝さん〟でいくところだろう。タクミくん」

「では、レオナルドさんとお呼びします」

まずはレジナルドさんの息子であるレオナルドさんと交友を深める。

「私は皆様とは初対面に近いですね。どうぞ、私のことはハリソンとお呼びください」

「確かに、しっかりと話すのは初めてかな？」

「そうですね。書類の提出で顔を合わせたくらいですかね？」

ハリソン・クラーク様は細身で、知的な感じの男性だ。

どうやらヴァルトさんやレオナルドさんともそれほど交友がなかったようだ。

それにしても――

「ヴァルトさん」

「どうした、タクミ」

「丁寧な話し方のヴァルトさんに違和感が……」

「タ～ク～ミ～。おまえは何を言い出すんだ！」

「いや、だって、気持ちわ……慣れないです」

「気持ち悪いって言おうとしたよな!?　というか、ほぼ言っていたぞ！」

「……気のせいですよ」

ヴァルトさんの話し方を指摘していたら、レオナルドさんとハリソン様が「「ははっ」」と愉快(ゆかい)そうに笑い出した。

「ヴァルト、本当の兄弟のようだな」

「ええ、楽しそうです」

最近、ヴァルトさんと本当の兄弟のようだと言われることが多くなったな～。

えっと、ヴァルトさんを弄っていてばかりというわけにもいかないので、ハリソン様に聞いてみる。

「話を逸らしてすみません。ハリソン様は文官をされているのですか？」

「ルーウェン殿と話しているような話し方で構わないですよ、タクミ殿。それに〝様〟も必要ありません」

「ありがとうございます。じゃあ、ハリソンさんとお呼びします。僕のことも呼び捨てで構いませんよ」

「呼び捨ては性に合わないんです。なので、私はこのままで。それで、質問の答えですけど、私は財務に所属しています」

「おぉ、財務ですか！」

旦那様二人と話していると、ヴァッサー夫人とクラーク夫人が興味深そうにじっと僕のことを見つめてくるのが気になった。

「えっと……ヴァッサー夫人、クラーク夫人、僕は何か失礼なことでもしたでしょうか？」

「ふふっ、違うの。ロザリーの手紙にあなたのことが書いてあったから、ちょっと気になっただけよ。じろじろ見てしまってごめんなさい。でも、とても凄い方なんですってね～」

「ロザリーの手紙、とても嬉々とした感じだったわよ」

ロザリーさんは、二人宛ての手紙に一体何と書いたんだろう？

「え、ロザリーさん、じゃなくてロザリー様は、何を書いていたのでしょうか？」

「ふふっ」

僕は思わずロザリーさんを見てしまうが、ロザリーさんは微笑むだけで教えてくれる気はないようだった。

「あら、呼び方を改めなくても、いつも通りの呼び方と話し方でいいわよ。もちろん、私達にもね」

「そうね。ロザリーとお揃いにして、私のことはオルガさんって呼んでちょうだい」

「私はセレスティアでもセレスでもいいわ！」

「いやいやいや！　ロザリーさんは一応、家族という扱いにしてもらっていますから、大丈夫だと思いますけど、お二人のことをそう呼ぶわけにはいきませんよ」

「え、どうして？」

僕が慌ててそう言うと、夫人二人に心底不思議、という顔をされた。

「……僕は貴族社会にそれほど詳しくはないんですが、外聞が良くないのではないですか？」

「旦那様にこそこそしているわけじゃないのだし、いいじゃない」

「そうよね～。これから長い付き合いになるのだしね」

セレスティアさんも、オルガさんも意外とさっぱりしている人達のようだ。

こういう人達だから、噂などに振り回されずにロザリーさんと親しくしているのだろう。

「ねぇ、呼んでちょうだいな」

「そうね。早く早く～」

「……」

「セレスねぇさま？」

「オルガねぇさま？」

「「まあ！」」

僕が夫人二人を呼び直すのを躊躇していると、様子を窺っていたアレンとエレナが代わり？に二人のことをそう呼んだ。

すると、夫人二人は嬉しそうな表情をする。

「いいわね！」

「そうね。ロザリーも姉様って呼ばれているの？」

「ええ、そうなの」

ロザリーさんもだが、本当に嬉しそうである。

「じゃあ、次はタクミさんね。あ、タクミさんって呼んでもいいわよね？」

「さあ、どうぞ」

「えぇ〜。――ちょっと旦那様達、二人を止めてください」

「呼び方くらいいいじゃないか」

「そうですね。オルガも諦めないと思いますので、呼んであげてください」

「……」

レオナルドさんとハリソンさんに助けを求めてみたが、二人から見捨てられた。

「……セレスティアさん、オルガさん。お二人とも、押しが強いですよ〜」

「あら、このくらいは普通よ」

「そうそう。はっきり言わないと、相手にしっかりと主張が伝わらないからね」

「タクミさん、セレスティアとオルガは、いつも私に言いがかりをつけてくる方を論破して助けてくれていたの」

ロザリーさんは懐かしそうにそう言う。

なるほど、セレスティアさんとオルガさんにとって、言葉はロザリーさんを守るための武器なのか。

「本当に良いご友人ですね」

「ええ、そうなのよ」

二家と交友を深めているうちに、セドリックさんとテオドールくんとラティスくんが到着し、続いて、リシャール様夫妻もルーウェン邸に到着した。

「リシャール様、奥様、いらしていただ――」

「「あっ！」」

「え、何っ⁉」

奥様を伴われたリシャール様と対面し、挨拶もし終わらないうちにアレンとエレナが突然奥様に向かって指を差した。

「こらっ！　アレン、エレナ、人に向かって指を差しちゃ駄目だよ」

僕はすぐに子供達を注意し、手を下ろさせる。

「奥様、失礼しました」

「「……ごめんなさい」」

「いいのよ。あなたがタクミさんで、アレンくんとエレナさんね。初めまして、リシャールの妻のシャーロット・フォードです」

「ご丁寧にありがとうございます、フォード夫人」

「あら、シャーロットと呼んでくださいな」

「よろしいのですか？」

「もちろんよ」

子供達が失礼なことをしたのにもかかわらず、穏やかな笑顔で挨拶をしてくれるシャーロット様。明るい茶髪に薄い緑の瞳だということは聞いていたが、とても穏やかそうな女性である。

「リシャール様、ようこそいらっしゃいました。早速で申し訳ないのですが……ちょっとよろしいですか？」

「ん？　何だね？」

本当なら失礼になるかもしれないが、僕はリシャール様に手招きをして、少し離れた場所へ呼び寄せる。

そして、小さな声で耳打ちする。

「あの……奥様がご妊娠されているようなのですが、ご存じということでいいのですね？」

アレンとエレナが指差したのはシャーロット様なのだが、それがシャーロット様の腹部あたりだったのだ。それで僕はすぐに、シャーロット様に別の魔力が宿っていることに気がついた。

何せ、前にも子供達はアルメリアさんが妊娠していることを指摘したことがあったからな。

「……え？　本当に？」

「妊娠初期の初期、っていう感じですが、魔力を感じますから間違いないと思いますよ」

僕の指摘にリシャール様は呆けたような声を出した。

以前に会った時、リシャール様には妊娠薬である『青薔薇の滴』を譲ったので、シャーロット様が妊娠していること自体は不思議ではない。だが、リシャール様夫妻はなかなか子供ができないと悩んでいた様子だったので、とりあえず小声でリシャール様に確認をしてみたのだ。デリケートな問題だからね。

とはいっても、シャーロット様はまだまだ若いので、僕としては焦る必要を感じないのだが……

貴族の結婚、出産はかなり早い。その関係かもしれないな～。

「えっと……すみません。深く立ち入ることではないと思いますが、あえて聞きます。薬を使ったのでは？」

「いや、その……今、仕事の調整をしていて……」

「じゃあ、まだ未使用ってことですか？」

「あ、ああ」

自然妊娠だったようだ。

「本当に？　タクミ殿、間違いないかい？」

「ええ、間違いないと思います。魔力も安定しているようですしね」

「本当か！　――シャーロット！」

「どうしましたか、旦那様。内緒話は終わりですの？」

リシャール様は慌てたようにシャーロット様に声を掛ける。

シャーロット様は、僕とリシャール様がこそこそと話している間、一切口を挟まずににこにこしたまま待ってくれていた。少しも不快感を出さずにな。

「気分が悪いとか、眩暈（めまい）がするとか、体調におかしなところはないかい？」

「いたって健康ですわよ？　急にどうなさいましたか？」

「「あかちゃん、いる！」」

「っ！」

リシャール様が伝える前に、アレンとエレナが暴露してしまった。

いや、でも、空気を読んでここまで黙ってくれていた、というほうが正しいかな？　一応、僕と
リシャール様が話している間は、言わずに我慢してくれていたわけだし。

「旦那様、それは本当ですか？」

「タクミ殿は間違いないって言ってくれている」

「お子様の魔力がもう感じ取れますので」

「……っ」

僕が頷くと、シャーロット様は泣き出してしまった。

「「いたい？」」

「アレン、エレナ、違うよ。きっと嬉しいんだ」

「「そっか～」」

アレンとエレナは、シャーロット様が泣き出したので心配していたが、嬉し泣きだと伝えると安
心したような表情になった。

シャーロット様はしばらく泣いていたが、やがて恥ずかしそうに謝罪を述べてきた。

「申し訳ございません。お見苦しいところをお見せしました」

「いいえ、大丈夫ですよ。目元が腫れてしまいましたね。魔法で治……すより、冷やすものを用意してもらったほうがいいのかな？」

妊娠している人に魔法をかけてもいいものかわからず、僕は躊躇った。

するとその心配は正しかったようで、リシャール様が頷く。

「そうだね。念のため、魔法は避けておいたほうがいいかもな」

「じゃあ……――」

「どうぞ、こちらをお使いください」

急いで冷やすものを用意してもらおうと思った途端、濡れタオルが目の前に差し出された。一緒に出迎えに出てくれていたレベッカさんの采配だ。

しかも、玄関脇にある、来客があった時に待機してもらうための部屋に、化粧直しに必要なものなどが一式揃えてあった。本当にさすがである。

「シャーロット、失礼になるが、今日はもうお暇するかい？」

「いいえ、大丈夫よ。せっかくお呼びくださったのですもの、参加させていただきましょう」

リシャール様がシャーロット様の体調を気遣って帰宅するか尋ねたが、シャーロット様は首を横に振る。

本当ならすぐに帰ってお医者さんに診てもらいたいと思っているだろう。だが、ここで僕が遠慮せずに帰っても構わないと言っても、シャーロット様は頷かないんだろうな～。

まあ、せいぜい数時間の差なのだし、それならお茶会をさくさく始めてしまったほうがいいだろう。

「では、体調に変化がありましたら、遠慮なくすぐにおっしゃってくださいね」

「ええ、そうするわ。ありがとう」

というわけで、ようやくリシャール様とシャーロット様を談話室へと案内する。

「タクミ、遅かったな」

リシャール様達が席に落ち着くと、先に到着していたお客様の相手をしていたヴァルトさんがそっと近づいてきて静かに尋ねてくる。僕が出迎えに出てから時間が経っていたからな。

「すみません。少し話し込んでしまいました」

「それならいいが……タクミだから何かあったのかと心配したぞ」

「……」

ヴァルトさん？　僕だからって、何ですかね？

ジト目でヴァルトさんを見つめたら、目を逸らされた。

「ほ、ほら、タクミ、おまえもこのお茶会の招待主なんだから、接待しろよ、接待」

「覚えておいてくださいね」

接待したほうがいいのも確かなので、ヴァルトさんを問いただすのは後にしよう。

そうして始まったお茶会。だが、残念ながら開始早々困ったことになっていた。

「……そんな固くならないでくれ」

リシャール様が困ったような表情をしている。

フォード家以外の三家の人達が身を固くしていたからだ。今日のお茶会に、婿に入っているとはいえ王弟であるリシャール様が来るとは思っていなかったから仕方のないことだろう。

「「どうしたのー？」」

みんなの様子を見て、アレンとエレナが不思議そうに首を傾げる。

「驚いちゃったみたいだな」

「「そうなの？」」

「そうなんだ。そうだな～、アレン、エレナ。みんなの緊張を解すために、パステルラビットを連れてきてくれるかい？」

「「は～い」」

とりあえず、子供達に隣室に待機させていたパステルラビットを連れてきてもらうことにした。

最初はお茶を楽しみつつ親睦を深め、それからパステルラビット……と思っていたのだが、もう出番でいいだろう。

「「つれてきたよ～」」

すぐにアレンとエレナがパステルラビットを連れてきた。

「こっちだよ～」

「おいで～」

さすがに二人で十二匹のパステルラビットは持ち運べなかったためか、カルガモの行列のように後ろに引き連れている。

「えっと……それで全員ついて来たのか？」

「「うん！　みんな、おりこうさんだよ」」

パステルラビット達は子供達の言うことをしっかりと聞くようだ。二人は【調教】スキルは持っていなかったはずなのだが……不思議だ。

「「あそんでおいで～」」

アレンとエレナの号令で、パステルラビット達は各自、気になった人のもとへと向かう。

「まあ、可愛いわね」

シャーロット様が足元に来た紫色のパステルラビットを抱き上げる。

それが合図となって、固まっていた他の人達もパステルラビットと交流を始めた。

ロザリーさんの愛犬ならぬ愛兎(あいと)もメイドさんが連れてきてくれていたので、ロザリーさんも膝の上に乗せて撫でている。

「いっぱいいますね」

「全部、アレンくんとエレナちゃんが見つけたんですか？」

「うん、そうだよ～」

パステルラビットと戯れていると、大人につられて緊張した面持ちでいたテオドールくんとラティスくんも、楽し気にアレンとエレナに話しかけ始める。

「ねぇ、ロザリー。このパステルラビット達は、警戒せずに私達に近づいてくるし、抱き上げても逃げもしないのは何故かしら？」

「本当よね。しっかり飼い慣らされていたとしても、普通は飼い主以外には近づかないって聞くわよね？」

セレスティアさんとオルガさんが、パステルラビットを撫でながら〝心底不思議だ〟というような表情をしていた。

「あのね、タクミさん達が連れ帰った時からこうなの。だから、私にはわからないわ。――ヴァルト様は何故かわかりますか？」

「それはタクミやアレン、エレナだからだな。きっと三人から出ている変な匂いや魔力に当てられて、警戒心をなくしているんだ。あ、いや、色気か？」

友人達からの質問に答えられなかったロザリーさんが助けを求めると、ヴァルトさんはとんでもないことを言い出した。

匂いってなんだよ！　匂いって！　色気も嫌だけどさ！

「ヴァルトさん、何ですかそれは！　人から変なものが出ているような言い方は止めてくださいよ！」

「いや、タクミ達からは絶対に出てるって！　そうじゃないと説明できないことが何度も起こっているだろう！」

「そんなに起こってないですよ！」

「嘘（うそ）を言うなよ！　大量のパステルラビットを連れ帰ったことは、これで何回目だ⁉　ほら、答えてみろ！」

「……えっと、四回目かな？」

「普通は一回でも奇跡（きせき）だからな。四回もあったら異常だぞ」

「……」

パステルラビットの件だけなら、僕は関係ないんだけどな～。

それに、パステルラビットは〝捕まえるぞ！〟というギラギラした感情を持たなければ、保護されようと寄ってくるっぽいんだよな～。まあ、それは検証しているわけじゃないので、僕からの言い分としては弱いんだけどさ。

「おまえ達は他にもいろいろ！　本当にいろいろなことを起こしているんだよ！」

「私も少しタクミ殿達の話は聞いたが、なかなか衝撃的なことが多かったな～」

「そうですよね！　――ほら見ろ！」

ヴァルトさんが言い募（つの）り、リシャール様も何故か同意しちゃったのでヴァルトさんが強く頷いている。

「それにしても〝起こしている〟は全否定します！　巻き込まれているんです！」

　僕は巻き込まれ体質らしいからな！

「巻き込まれるなよ！」

「気づいた時には遅いんですもん！」

「もっと早く気づけよ！」

「どうやってですか！」

「勘を働かせろ！」

「えっ？　勘⁉」

「そうだ。勘だ！　本能で避けろ！」

「……無茶苦茶な」

　僕とヴァルトさんのやり取りを見た皆さんが、くすくす笑っていた。

「騒がしくしてしまい、申し訳ありません」

　笑われていることに気がついたヴァルトさんが、顔を赤くして慌てて謝罪する。

「くっ……ふ、二人は本当に仲が良いな」

「……先輩」

　レオナルドさんが、大笑いしたいのを必死に我慢しようとしながら呟く。

「ロザリー、家族が仲良しなのは、良いことよね～」

「本当に良い家に嫁いでくれて良かったわ～」

「今までが異常だったのよ。これからはちゃんと幸せになるのよ」

「そうね」

「二人ともありがとう。私はもう幸せよ」

セレスティアさんとオルガさん、そしてロザリーさんは何故かほっこりしていた。

というか、ロザリーさんはどれだけ酷い状況だったのだろう。今までの暮らしが気になってくるよ！　……まあ、安易に聞けないけどね。

「「おにぃちゃん、おにぃちゃん」」

ヴァルトさんの追及？　が途切れ、ほっとしたところで、子供達が僕のことを呼びながらくいくい服を引っ張ってくる。

「何だい？」

「アレンと」

「エレナに」

「「まかせてー！」」

子供達が、突然自信満々に宣言する。

「えっと……何を任せたら良いのかな？」

何のことかわからずに子供達に聞き返すと、子供達がとんでもないことを言い出した。

「かん！」

「ほんのう！」

「……」

絶対に勘違いしているね！

アレンとエレナが任せてほしいものは、勘や本能で感じた方向に〝突き進んでいく〟ほうだよね？　ヴァルトさんが言っていたことは真逆だ！

「えっとね、二人がちゃんとわかっているかわからないけど、ヴァルトさんは何かあるな～……って感じた方向を避けるように言っていたんだよ？　行くんじゃないからね？」

「「いかないのー？」」

「うん、行かないで……っていう話だね」

やっぱりね！　二人は勘に従って突き進むつもりだよ！

「「あれ～？」」

子供達が不思議そうに首を傾げると、一旦落ち着いていた皆さんの笑いがぶり返していた。

「ふふっ」

「楽しい子達だろう？」

「ええ、聞いていた通りね～」

リシャール様とシャーロット様が、二人で微笑み合っている。

見た目だけならうっとりしそうな麗しい夫婦の図なのだが、話している内容が僕にとっては不穏な気配がする。

「……リシャール様、僕達のことをどう話していたんですか？」

「ん？　そのままだよ。兄上達から聞き及んだことや、前に会った時のことをそのままね」

「……そのまま」

「君が凄いという話から、規格外な行動の話までね。私は妻に隠し事をしない主義なんだ」

「……少しは隠してください！」

隠し事をしない理想の夫は良いことだが……少しはぼかして話してほしかった！

「「よしよし」」

僕が頭を抱えて顔を伏せていると、左右から子供達が僕の頭を撫でてくる。

すると、その様子を見たみんなにまた笑いが沸き起こる。

「……」

「おーい、タクミ？　そろそろ顔を上げろよ」

微妙に恥ずかしくなって顔を上げられないでいると、ヴァルトさんが笑いを含んだ声で呼びかけてくる。絶対に面白がっている。

「……ん？」

するとその時、背中と頭に何かを載せられたのがわかった。

……載せているのは、アレンとエレナだよな？

「ちょっと待って。何を載せているの？」

「「な～にかな～？」」

徐々に載せるものが増えているのが感じられる。

しかも、載せられているのは生温かい。もしかして……パステルラビットか!?

「パステルラビットか？　な、アレン、エレナ、落ちたら危ないだろう」

「だいじょうぶだよ～」

「ちゃんとつかまってるよ～」

子供達に止めるように注意したが、二人はさらにパステルラビットを載せてくる。

「本当にちょっと待って。今は何匹目だ？」

「「えっとね……ろっぴき！」」

「六匹!?　え、今、さらに載せた!?」

「これでね」

「はっぴき」

僕の頭と背中には、全部で八匹のパステルラビットが載っているらしい。

「起き上がれないから、パステルラビット達を下ろしてくれないか？」

「「や～」」

子供達に断られた。

しかも、みんなもくすくす笑っているだけで、助けてくれる気配はない。

「仕方がない。――《フロート》」

僕は風魔法を使ってパステルラビットを浮かせ、身体を起こして受け止める。

「「あ～……」」

九匹、十四目を載せようと、パステルラビットを抱えていた子供達が残念そうに声を漏らす。

それに、よくよく見ると、子供達の足元には四匹のパステルラビットが待機していた。

呼び寄せるような会話はしていなかったが、ロザリーさんのパステルラビットも含め、全部のパステルラビットが集合していたのだ。

「全部載せる気でいたの⁉」

「「うん！」」

元気良く返答された。

「も～、何しようとしているんだよ～。――ほらほら、君達はロザリーさんのところに戻って」

とりあえず、ロザリーさんのパステルラビットに飼い主のもとへ戻るように言ってみると、二匹は素直にロザリーさんの下に向かう。

「まあ、タクミさんの言うことを聞いているわ」

あ〜〜〜

「本当ね。言葉を理解しているようだわ」

僕の言うことを聞くパステルラビットを見て、セレスティアさんとオルガさんが感心するように呟く。

「【調教】スキルの効果ですかね？　まあ、それはいいじゃないですか。それよりも皆さん、お気に入りの子はできましたか？」

都合よく全部のパステルラビットが僕のところに戻ってきているので、それぞれ連れ帰るパステルラビットを決めてもらうことにする。

「じゃあ、リシャール様とシャーロット様からかな？」

「いや、私達は最後で構わないよ。――ね、シャーロット」

「ええ、私達はどの子でもいいわ。みんな可愛いんですもの。そうね、子供達から選ばせてあげて」

身分順がいいかな～と思い、リシャール様とシャーロット様に声を掛けたが、二人は順番を譲ってくれた。

なので、まずはテオドールくんとラティスくんが選び、次に遠慮がちにセレスティアさんとオルガさんが相談をしながら選び、最後にシャーロットさんが選んだ。

とりあえず、四家にそれぞれ二匹ずつ選んでもらったので、これで八匹の行き先が決まった。

「「おばあさま」」

「そうだね。一匹はレベッカさんのところだね」

「『もうさんびきはー？』」

パステルラビットの残りは三匹。

「レオナルドさん、妹さんがいるんですよね？　一匹どうですか？」

「いいのかい？」

「もちろんですよ」

「ありがとう。きっと喜ぶよ」

予定通りレジナルドさんの娘さんにも譲るために、レオナルドさんにも一匹選んでもらい、これで十匹。

「タクミ、先輩の妹さんは二人だ」

「え、そうなんですか⁉」

ヴァルトさんの指摘を受けて、僕は驚く。

「レオナルドさん、言ってくださいよ」

「いや、だがな。パステルラビットは本来、なかなか手に入れられないんだよ。これで三匹も譲ってもらうことになるしな……」

「遠慮しないでくださいよ。僕としては可愛がってくれるところに譲ることができれば満足なんですから」

というわけで、レオナルドさんにはもう一匹選んでもらい、残りのパステルラビットは一匹となった。

レベッカさんのところに行くパステルラビットを先に決めてエレナに抱かせ、僕は残りの一匹を抱きながらお茶会参加者達を見渡した。

「ねぇ、タクミさん」

すると、オルガさんが遠慮がちに声を掛けてきた。

「はい、何でしょうか？」

「もし良かったら、私の妹にも一匹譲ってくれないかしら？」

「もちろんです」

良かった。これで全部のパステルラビット達の飼い主が決まった。

「「かわいがってね〜」」

締めくくりにアレンとエレナが一言告げると、みんなからは肯定の返事があった。

パステルラビット達はそれぞれの家庭で可愛がられることだろう。

「あ、皆さんの緊張も程よく解(ほぐ)れたようですから、そろそろお茶を楽しみませんか？」

「「わ〜い。おやつ〜」」

無事にパステルラビット達の行き先が決まったので、本日の本来の趣旨(しゅし)であるお茶会へと移行させようと思う。お茶会開始直後は、緊張から全然お茶を飲んでいなかったしな。

お茶はすっかり冷めてしまっていたので新しいものを淹れてもらい、新作のおやつと一緒に提供してもらう。

「見たことのないものだな。タクミ、新作か？」

「そうです。ドーナツとヨーグルゼリーです」

今は冬だし、アイスクリームは溶けるので、今日はヨーグルトアイスじゃなくてヨーグルトゼリーのほうを用意した。

「城でも思ったが、タクミ殿の料理の腕は素晴らしいな」

「本当ね。とても美味しいわ～」

リシャール様とシャーロット様が絶賛してくれる。

「どうだい？　うちの邸で働かないかい？」

「「だめー！」」

「おやおや、本人に断られる前に子供達から断られてしまったよ」

リシャール様から仕事の斡旋？　勧誘？　をされたが、アレンとエレナが即座に断る。

斡旋されたのは僕なんだけどな～。

「旦那様、突拍子もないことをおっしゃると、子供達から嫌われますわよ」

「それは困るな」

シャーロット様に窘められたリシャール様は、困り顔でアレンとエレナを見る。

「もう嫌いになってしまったかい？」

「おにぃちゃん」

「とらない？」

「取らない取らない。君達のお兄さんにお願い事がある時は、アレンくんとエレナさんも一緒にお願いするから、離れ離れにはしないさ」

「「それならいいよ～」」

「そうか。じゃあ、その時はよろしくね」

僕が口を挟む暇もなく、話は完結してしまった。まあ、いいけどね。

「なるほど、タクミ殿を口説き落とすには、まず子供達を口説き落とさなくてはならないのだな」

「リシャール様、何がしたかったんですか？」

「ん？　それはもちろん、シャーロットに美味しいものを食べさせたいだけだよ」

「あ、はい、そうなんですね～」

本当にリシャール様が何をしたかったのかわからなかったので率直に聞いてみると、単純な答えだった。

だが、その返答にシャーロット様は嬉しそうに微笑み、ロザリーさん、セレスティアさん、オルガさんは紅潮した表情でうっとりしていた。リシャール様は、女性陣の心をがっちり掴んだようだ。

「料理でも甘味でも作り方が知りたいのであれば、教えられるものは教えますよ。なので、雇ったりする必要はないです」

　さすがにフィジー商会の商売に関わるものは安易に教えられないが、それ以外ならレシピはわりと配っている。

「そうなのかい？」

　僕の言っていることが信じられなかったのか、何故かリシャール様はヴァルトさんのほうを見る。

「タクミは、そういう知識は秘匿しないですよ。むしろ、こちらが心配するくらい簡単に公開しますね」

「それは、タクミ殿の損にならないか？」

「そこはわりと上手くやっていますね。無償で公開する場合はしっかりと縁繋ぎをしていますし、個人的に請われて教える場合も、支払いを渋るような知り合いは今のところいないようですね。付き合いのある商会もそこはしっかりしていますので、タクミが何も言わなくてもタクミに利益が入るように手配してくれています」

「何でそんなに詳しいんですか⁉」

　ヴァルトさんがすらすらとリシャール様の疑問に答えているが、僕の行動を見ていたのではないかと思うくらい的確な説明だった。

　思わず僕は突っ込んでしまう。

「ん？　そりゃあ、タクミが個人的に付き合いのある人達はうちの知り合いでもあるし、ルイビアの街でのことはもちろん情報は入ってくる。フィジー商会からは定期的に報告があるからだな」

「……」

「それに、母上が上手い具合に子供達からいろいろ話を聞くのもあるな」

「……」

ああ、うん、レベッカさんなら子供達を上手く誘導して、旅先での聞きたいことを抜かりなく聞いていても不思議じゃないな。うちの子供達、あったことなどはしっかりと覚えているから、質問されればその通りに話すだろうしな。

「海賊船を制圧した話なんて、何とも言えない顔で聞いていたぞ」

「っ!?」

あえて報告していなかった海賊船に遭遇したことまで知られていたよ！

「そういえば、セルディーク国との間で暴れていた海賊が捕縛されたという話は聞いたが、タクミ殿が解決していたのだな」

「タクミさんは本当に凄いのね～」

「海賊の話はそこまででいいでしょう！　もう終わったことですしね」

僕は強引に話を終わらせにかかる。

「あら、タクミさんの武勇伝をもっと聞きたいわ」

「そうね、聞きたいわ～」

「僕も聞きたいです！」

「僕もです！」

しかし、セレスティアさん、オルガさん、テオドールくん、ラティスくんから待ったがかかる。

「アレンくん、エレナさん、海賊を倒した時の話を私達にも聞かせてくれませんか？」

「「いいよ～」」

セドリックさんがアレンとエレナを標的にして話を強請ると、二人はにこやかに了承する。

「え、ちょっと待って！」

僕は慌てて子供達を止める。

「だめー？」

「なんでー？」

「え、何で……？」

すると、子供達は不思議そうな顔をしながら見上げてくる。

しかし……何で駄目かと聞かれると、返答に困ってしまう。

「えっとね……」

「「ねぇ、なんでー？」」

「駄目な理由はないようだな。アレン、エレナ、存分に冒険譚を語っていいぞ！」

「「わかったー！」」

そうこうしているうちにヴァルトさんが許可を出してしまい、アレンとエレナが嬉々として旅の冒険譚を披露し始める。

話の内容は船に乗ったあたりから『色彩の迷宮』のこと——主にセルディークに行って帰ってくるまでだ。

絵本の読み聞かせで鍛えたからか、二人の冒険語りは一種の出し物のように面白おかしく語られていた。そのため大人はもちろんのこと、テオドールくんとラティスくんは目をキラキラさせながら話を聞いていた。

この冒険語りはお茶会が終了するまで続いたが、お茶会参加者達はみんな楽しかったと満足した様子でパステルラビットを抱いて帰っていったのだった。

そして、お茶会翌々日、お城にパステルラビットを届けに行きつつ、トリスタン様にオーロラバードを披露しに行ったが、もの凄く呆れた顔で一言「バレないように飼えよ」と言われた。

どうやらお小言は回避できたようだ。それもあっさりと。

ただ、先日僕が新しくフリーズドライにした雑炊(ぞうすい)やシチューについて、マティアスさんからトリスタン様に報告してもらっていたのだが……その話になると、簡単に終わらせてもらえずに長々と説明することになった。

あ、ちなみに、そのお城への報告のまた翌日に冒険者ギルドに行ったんだが、僕達が大量のパステルラビットを連れ帰っていたことが冒険者ギルドのギルドマスターであるアンディさんにまで伝わっていた。そして、パステルラビットの依頼書を集めて待っていたのだ。

しかし、パステルラビットの引き取り手は全て決まってしまっている。

それを伝えると、アンディさんはがっくり項垂（うなだ）れてしまった。

どうやら、前回のようにアレンとエレナがクジ引き形式で依頼書を選ぶなら、もしかして……という期待を込めて、アンディさんや一部の受付嬢の依頼書も混ぜていたようだ。ちょっと悪いような気もしたが、これればかりは仕方がない。

その代わりと言ってはなんだが、ユキシタ茸の依頼を数件分処理しておいた。

アレンとエレナ次第だが、今度パステルラビットを捕獲した時は、冒険者ギルドにも融通（ゆうずう）しようと思うのだった。

第三章　知り合いがやって来た。

「お、いたいた。タクミ、久しぶりだな」

「……？」

街を歩いていると、突然、美形の男性が、僕の名前を呼びながら声を掛けてきた。

相手は僕のことを知っているような口振りだったが、僕はこの男性に会った記憶がない。

僕が返答に迷っていると、その男性はアレンとエレナにも声を掛けた。

「アレンとエレナも元気そうだな」

「「うにゅ？」」

子供達のことも知っているようだが、二人も男性に見覚えがないのか、不思議そうに首を傾げていた。

「えっと……どちら様でしょうか？」

長い青い髪に金の瞳。年齢は二十代後半から三十代前半くらいかな？　服装は僕と似たような……というかそっくりな冒険者スタイルだ。

かなり目を引く容姿をしているので、会ったことがあれば絶対に忘れないと思うんだけどな～。

「我だ、我。カイザーだ」

「え、ええっ⁉　カ、カイザー⁉」

「「カイザーなの？」」

驚くことに、美形の男性はカイザーと名乗った。

カイザーというのは、蒼海宮――人魚族の里に行った時に海で出会った、水神様の眷属であるリヴァイアサンだ。一応、僕とは仮契約を結んでいるんだけど、しばらく会っていなかった。

確かに感じる魔力はカイザーのものなのだが、信じられない。

僕は慌てて目の前の男性を鑑定してみた。

すると、間違いなく彼がカイザーだということが判明した。

……相変わらず、不明なところの多いステータスだったけどな。

「本当にカイザーだね！　え、何で人の姿をしているんだ」

「ん？　タクミは〝ジンカ〟のスキルを知らんのか？」

「「じんかー？」」

僕と子供達は揃って首を傾げた。

「人になるという意味だな」

「ああ、人化ね！」

【人化】スキルね。そんなスキルがあったのか～。存在自体を知らなかったな。

「「すごいね～」」

「凄いであろう」

アレンとエレナはカイザーの周りをくるくると歩き、カイザーの姿を確認する。

カイザーも子供達に見せるように手を広げたり、屈伸(くっしん)したりしている。

そんな三人の様子を見ていて、僕はふと思ったことがあった。

「…………なぁ、カイザー、そのスキルは最近取得したのか？」

「ん？　以前から持っておったぞ」

……カイザーは【人化】スキルを持っていた？　ということは、ステータスの読めない部分に【人化】スキルがあるってことか。

「そうか、そうなんだ。それならさ、カイザーに聞きたいことがあるんだけど……」

「ん？　何だ？」

「アレンとエレナの保護を頼まれた時、【人化】スキルは取得していた？」

五年前、じゃなくて六年前か。アレンとエレナが生まれた当初、カイザーは水神様の眷属から子供達を保護してほしいと頼まれたという。だが、カイザーは水中で活動するリヴァイアサン。数十メートルもある巨体で子供達を保護しに街に向かえば、街を破壊してしまう危険性があった。そのため、その依頼は断った……と、前に会った時にそう言っていた。

理由が理由なだけに、僕はカイザーが子供達の保護を断念したことに納得したが……人化すれば良かったのではないかと気がついたのだ。

「…………取得しておったな」

僕の指摘に、カイザーも僕が何を言いたいのか気づいたようだ。ばつが悪そうな表情をする。

「すまなかった！　あの時はすっかりこのスキルのことは忘れておったのだ！」

カイザーは即座に謝ってくる。そして、不安そうに尋ねてきた。

「……怒っておるか？　そのな、言い訳になってしまうが、我が初めて人化したのはタクミに会った後なのだよ」

「僕と会った後？　じゃあ、それまでは一度もスキルを試したことはなかったのか？」

「うむ。人化することに興味がなかったのでな」

カイザーから理由を聞けば、まあ……納得できる理由だった。

それに、仮にカイザーが子供達を保護していたら、僕が二人と出会えなかった。素直に謝罪してくれたことだし、この件で責めることはしないでおこう。

「そうなんだ。じゃあ、何で急にスキルのことを思い出したんだ？」

でも、それならどうして、ずっと忘れていたスキルを急に使うことになったんだろうな。

「タクミと知り合い、仮とはいえ契約を交わし、縁を繋いだことで、我は無性にタクミに会いたくなってな」

「え……そうなんだ」

「そうなのだ。だが、タクミは我のことはなかなか呼び出そうとせぬ」

「あ、うん、そうだね」

仮契約の状態でも契約獣の召喚はできるのだが、僕はカイザーのことを一度も召喚したことがない。そもそもカイザーを呼び出すことができる場所というのが限られているからな～。

「我は思った。呼び出されぬのなら我が逆に呼び出そうか、とな」

「え、ちょっと待って！　何だって？」

「逆召喚をしてみようかと考えたのだ」

「逆召喚!?　何それ！　初めて聞いたんだけど！」

「我がタクミを呼び出すことだな」

「意味合い的にはそうだよね！」

じゃあ、ジュール達も僕を呼ぶことができるってことなのかな？　今度、詳しく検証する必要があるな。

……というか、ジュール達もいつか人化できる可能性があるっていうことか！　【人化】スキルについても調べよう！

一人で盛り上がっている僕をよそに、カイザーは説明を続ける。

「しかしな、逆召喚というのは契約者であるタクミしかできんのだ。するとな、タクミと子供達を引き離すことになってしまうのだ」

「それは困るな！」

「「だめー！」」

子供達を置き去りにして突然いなくなるってことだよな？

ルーウェン家にいる時ならまだしも、街の外にいる時だったり、迷宮の中にいる時だったりしたら恐怖だよ！

「だろう。だから、我は踏みとどまったのだ。そして、どうしたものかと考えている時に【人化】スキルのことを思い出したのだ」

「なるほど、そういう経緯だったんだな」

カイザーは僕達の都合をしっかりと考えてくれていたんだな。

僕だけカイザーのところに呼ばれなくて本当に良かったよ。

「うむ、そうなのだ。そして、我は自分から会いに行こうと考え、【人化】スキルを使ってみた。だが、使い始めた時は半日も維持していられずに、元の姿に戻ってしまったのだ」

「半日!?　え、じゃあ、今は？　街の中で突然元に戻ったりしないよな？」

「我は努力家だからな。今では数日間人化していても問題ないぞ！」

思い立ったのがどのくらいの前のことなのかはわからないが、半日しか保てなかったのが数日まで延びたとなると、なかなか努力したのだろう。

「そうか。頑張ってくれたんだな」

「うむ。ところで、タクミよ。以前と話し方が違うな」

「あれ？　ごめん……じゃなくて、すみません？」

「変えなくても良い。どちらかというと今のほうが良いからな」

「そうか？　じゃあ、お言葉に甘えるよ」

確かに、前に会った時、僕は丁寧な話し方をしていたな。カイザーがリヴァイアサンということで委縮したんだと思うけど、何となく丁寧に話していた気がする。

だが、今日は驚いたことで、話し方が素になっていた。

「今は人化して何日目？　あと何日そのままでいられそうなんだ？」

「そうさな。あと三日は大丈夫だと思うぞ」

「そうか。それなら街に滞在して……って!!　そういえば、カイザーはここまでどうやって来て、どうやって街に入ったんだ？」

「ん？　タクミに渡してあった我の鱗の魔力を頼りにして、一直線に走って来たぞ。人の里に入ったのはここだけだが、夜明け前に壁を乗り越えたな」

「……」

まさかの不法侵入。

いや、でも、それ以外にカイザーが街に入るのは不可能か？　門で兵士に止められるなら可愛いものだが、リヴァイアサンとバレたら大騒ぎだし、バレない場合でも鑑定不能でこれまた大騒ぎになる予感しかない。

「えっと……とりあえず、当面は街の出入りで人に見られないように気をつけてな」

「うむ、心得た」

問題はちょっと横に置いておこう。

そして、どうにかしてカイザー用のギルドカードが作れないか調べてみよう。

「それで……何だっけ？　ああ、人化が解ける前に人目のないところに移動する時間も必要だから、一、二日になるだろうけど、街を見て回ってみるか？」

「良いのか!?」

人の街に来たのは初めてであろうカイザーを、僕は観光に誘った。

すると、カイザーは嬉しそうな表情になった。

「もちろん、いいさ。――ね、アレン、エレナ」

「「うん！」」

「アレンがあんないしてあげる！」

「エレナもおもしろいとこつれていってあげる！」

「よろしく頼む！」

子供達もあちこちにカイザーを案内すると張り切っていた。

ただ、今日はそろそろ日が暮れるので、本格的に案内するのは明日になる。

そうなると、カイザーの宿泊場所はどうしようかな？

さすがにカイザー一人で宿に泊まらせるわけにはいかない。でも、だからといって、僕達も宿へ……というのは、反対されるだろうな～。主にレベッカさんにね。

ここは素直にルーウェン家にカイザーを連れて行って、泊まらせてもらえるように交渉するのがいいかな？　リヴァイアサンということは伏せて、〝知り合いとばったり会った〟からってね。

「カイザー、今日はもうそんなに時間がないから、本格的に街を見て回るのは明日な。今日は家に帰りがてらちょっと説明するくらいね。それと、カイザーの睡眠時間とか習性は知らないけど、人は夜に寝るから、できるだけ合わせてね」

「うむ、心得た」

とりあえず、子供達とカイザーには、カイザーの正体を明かさないようにしっかりと口止めをしておこう。

「お帰りなさい。お客様をお連れだと聞いたのだけど……その方は、アレンちゃんとエレナちゃんのお父様かしら？」

「え？」

「む？」

「うにゅ？」

僕は邸に帰ると、カイザーをルーウェン邸に泊めてもいいか確認するために、レベッカさんに来てもらった。すると、カイザーを見たレベッカさんが驚きの発言をした。

カイザーの髪の色は子供達よりは若干薄い色合いだが、確かに髪と瞳の色の組み合わせは一緒だったのだ。

「ち、違いますよ⁉」

僕は慌てて否定した。

「あら、そうなの？　もし、父親なら、ちょっとお話し合いでもしようかと思ったのだけど……そう、違うのね。色合いがそっくりだったものだから早とちりしてしまったわ。ごめんなさいね」

「ふふふっ」と笑うレベッカさんの目が笑っていなくて、少々怖かった。

レベッカさんなら、水神様相手でも説教しそうだからな～。……まあ、僕も水神様には小言の一つや二つ言うだろうから同じか。

「それでは、タクミさん、そちらはどなた様なのかしら？　お友達？」

「彼は僕の知人で――」

「我はカイザーと申す。仮ではあるが、タクミと契約しておる者だ」

レベッカさんにカイザーのことを聞かれ、僕が紹介しようと話し始めたのだが、カイザー自身が名乗り出す。

「契約？」

「うむ、じゅう――――」

「カイザー!」

「む?」

しかも、リヴァイアサンということは黙っているように言ったが、従魔契約については触れていなかったため、カイザーはあっさりと話そうとしていた。

「タクミさん、契約ってどういうことかしら?」

「えっと、ですね……」

「ご商売をしている方には見えないから、売買契約とかそういうものではないわよね?」

「……」

どんなに上手く言い繕って(つくろ)も、レベッカさんを誤魔化(ごまか)せる気がしない。

「……」

どうする? どうしよう?

一人焦っていると、レベッカさんが言葉を続けた。

「タクミさんったら~。眉間に凄い皺(しわ)が寄っているわよ。そんなに悩まなくてもいいの、私は絶対に聞き出そうとしているわけではないのよ? 嘘や誤魔化すのは止めてほしいけれど、秘密は無理に暴こうとはしないわよ。だから、素直に言えないと言ってくれたら、それ以上聞かないわよ?」

レベッカさんの器が大きすぎて泣きそうだ。

だが、ここまで信頼してくれているのだ、素直に話すべきだろう。

「あ～……凄く衝撃的な話になりますよ？」

「タクミさんが話してくれるのなら、もちろん聞くわよ。他言無用(たごんむよう)の場合は、絶対に漏らしたりしないわ。でも、タクミさん、無理はしなくてもいいのよ。知りたいっていうのは、私の都合ですもの」

「レベッカさんもですけど、ルーウェン家の皆さんのことは信用していますので、全部は無理ですが……話せることは話したいです！」

というわけで、マティアスさんとヴァルトさんを呼び、改めてカイザーを紹介することにした。

残念ながらヴェリオさん夫婦は不在で、ロザリーさんは嫁いできたばかりなのに驚かせてばかりなので一旦保留ということで、まずは三人にだけだ。

「タクミ、今度は何をやらかした？」

ヴァルトさんが合流早々、僕が何かをしでかしたような言い方をする。

「何で決めつけているんですか!?」

「タクミのことで話があるなんて言われたら、そうに決まっているだろうが！」

酷い言い草である。

「僕は何もしていませんって」

「言っておくが、子供達や従魔達のこともタクミがやったことと同義だからな。それでも何もしていないって言えるのか？」

「……」

そう言われてしまえば、否定ができない。

「やっぱり何かやったんじゃないか！　ん？　初めて見るのがいるな。なら彼に関係することか？」

「……そうですね。今、説明します」

というわけで、僕は早速、カイザーのことを直球で伝える。

「彼はカイザー。僕と契約している魔物です」

「はぁ!?」

一番に反応を見せるのは、ヴァルトさんである。マティアスさんとレベッカさんは言葉を出さずに驚いた表情をしている。

「種族は伏せますが、【人化】というスキルを使って今の姿になっています」

さすがに種族――リヴァイアサンというのは伏せる。

「【人化】スキルか……本当にあるのだな」

「ご存じでしたか？」

「伝承系の書物で読んだ記憶がある。人になる魔物を従えたテイマーが国を救ったとかいう、数百年前のものだ」

マティアスさんは【人化】スキルを知っていたようだ。人化して人の傍らにいた魔物は前にもいたのだな。前例があって良かった！

「凄いのね。【人化】スキルって完璧に人のようになれるのね」

レベッカさんは純粋に感心している様子である。

「ところで、タクミ。種族は伏せるって……俺達はフェンリルや飛天虎のことは知っているのに、そこで伏せるってことはもっと大物ってことか？　そうなのか？」

「……ははは～」

ヴァルトさんから鋭い突っ込みが入る。

そういえばそうだよな～。既にフェンリル、飛天虎、スカーレットキングレオという大物のことをバラしているのに、ここで隠すってことは超大物だと言っているようなものだ。

「タクミよ。言ってしまえば良いのではないか？　この者達は信用するに値するのだろう？　これからは我もちょくちょくタクミのところを訪れる予定であるのだからな」

……そうか、カイザーはちょくちょく来る予定なのか。仲間外れにしているわけではないが、何となくカイザーはごく偶に遊びに来るくらいだと思い込んでいた。いや、いいんだけどね。

「……どうしたらいいですか、ヴァルト兄さん？」

「お、おまえ、こんな時ばかり兄と呼ぶのかよ……」

伝えても良いものかどうか判断に迷い、僕はヴァルトさんを見つめる。

僕とヴァルトさんが無言の攻防をしていると、レベッカさんがおっとりと予想を口にする。

「そうね～、ジュールちゃん達よりも凄いと言えば……ドラゴンさんあたりかしら？」

「「おぉ～、あたり～」」

「「「……」」」

すると、アレンとエレナがあっさりと答えてしまった。

それには思わず、僕とマティアスさん、ヴァルトさんは無言のまま視線を合わせた。

「じゃあ、そのうちジュールちゃん達も人の姿になれる可能性があるということね！」

「「おぉ！　なれるかな？」」

「そういうスキルがあるのだもの。可能性はゼロではないわよ」

「「たのしみだね！」」

レベッカさんと子供達は僕達の反応などお構いなしに、楽しそうに会話を進める。

……本当にレベッカさんは、心が広いというか、度胸が凄いというか……頼もしい人であることを僕は再認識した。

「というか！　アレン、エレナ！　カイザーの種族は言っちゃ駄目って言っただろう！〝当たり〟は言っちゃったようなものだよ！」

「「あっ！」」

「も～、今回はバレても問題になりづらいけれど、他のところだったら大騒ぎになるよ！」

「「えへへ～」」

「次はちゃんと気をつけるように！」

「「はーい！」」

今回は話してしまおう……という流れになっていたから良いが、本当に言ってはいけない時に「ドラゴンだろう」と指摘されて、「「せいかい」」と言ってしまっては問題だ。なので、しっかりと注意しておく。

「タクミくん、カイザーという彼は、本当にドラゴンなのかい？」

するとマティアスさんが恐る恐る尋ねてきた。

「ええ、まあ……ドラゴンの一種ですね」

ドラゴンの中でも頂点に近い種族だけど。

「他の子もそうだけど、よく契約できたね。凄いよ」

マティアスさんは感心したように頷く。

「実は……ジュール達は知り合いから譲り受けた子達なので、僕の実力で契約できたわけではないんですよね。カイザーも、カイザーのほうから契約を持ちかけてきましたし」

「え、そうなのかい？」

「そうなんですよ……」

改めて説明すると、自分の実力じゃないことを再認識することになってしまい、微妙にヘコんでしまった。

僕が自力で契約したのは……パステルラビットだけだもんな〜。

「えっと、話を聞く限り、そのカイザー？　カイザー殿？　あー！　もう！　普通に接していいのか⁉　丁寧に接したほうがいいのか⁉」

ヴァルトさんが話し始めたが、カイザーに対してどういう態度で臨めばいいのかわからなかったのか、逆ギレ風に叫び出した。

カイザーが僕の契約獣なら他の子達と同様にフレンドリーな感じでいいのか、それともドラゴンということで機嫌を損ねて暴れられないように丁寧に接したほうがいいのか悩んだのだな。

ただ、僕もカイザーがどう接してもらいたいか知らないんだよな〜。

「えっと、カイザーはどう思っているんだ？」

「ん？　気軽にカイザーと呼んでくれ。話し方も普通で良いぞ」

本人……というか本竜に聞いてみたが、カイザーは慇懃な態度ではなくても良いらしい。

「それは助かる。でだ、カイザーは前々からタクミと契約していたんだろう？　だが俺達は会ったことがないわけで、つまり別行動していたということだよな。それなのに、どうして急に来たんだ？　何かひと仕事をしていて、それが終わったとかか？」

「うむ。それなら簡単だ。我がタクミに会いたくなっただけである！」

「お、おう……そうか」

ヴァルトさんの疑問に、カイザーが胸を張って答える。

思わぬ返答だったためか、ヴァルトさんが微妙に狼狽えていた。

「まあ、何にせよ、カイザーが街で過ごすなら、街での決め事をしっかりと教えておけよ。何かあった場合は、否応なしにタクミの責任になるんだからな！」

「了解です。その辺はしっかり言っておきます」

「うむ。我もタクミに迷惑を掛けたいわけではない。気をつけよう」

ヴァルトさんが念を押すように注意してくる。まあ、僕を思っての注意だな。

「話は纏まったわね。それじゃあ、みんなで食事をしましょうか」

レベッカさんのそんな一言でこの場はお開きとなり、僕達は食堂へと移動したのだった。


みんなで晩ご飯を済ませると、レベッカさんはカイザーのためにベッドが二つある客間を用意してくれた。初めてのお泊まりで僕がカイザーを一人にしないと予想して、シングルではなくツインで用意してくれたのだ。本当にレベッカさんの采配はさすがとしか言いようがない。

食事の席にはロザリーさん達もいたため、とりあえずカイザーの正体は明かさず、僕の知り合いということにしておいた。

それもあって、カイザーとジュール達との顔合わせは、寝る準備を済ませた今となった。

「リヴァイアサンのカイザーだ。よろしく頼む」

カイザーがそう言うと、みんながそれぞれ自己紹介をしていく。

「タクミの契約獣はなかなかの粒揃いだな～。子供だからな、これからの成長が楽しみだ」

「あ、カイザー。ジュール、フィート、ベクトルはスキルで小さくなっているから、子供っていうわけではないよ」

「なぬ？」

身体の大きさから言えば成獣だと思うが……そういえば、しっかりと確認はしていなかったな。成獣でいいんだよな？

「ねぇ、成獣っていうのはいくつから……とか決まっているのか？」

《だいたい生まれて一年前後で成獣扱いだよ。とはいっても、本当の成獣から言わせればボクらはまだまだ若造って呼ばれるね～》

ジュールがそう答えてくれる。

一年前後か。かなり早い時期に成獣扱いになるのだな。

でも、ジュール達は全員成獣ってことで間違いないな。

「……」

「カイザー、どうしたんだ？」

ジュール達のことを子供と勘違いしていたカイザーが、急に黙り込んでしまった。

「……カイザー？」

「……うむ。我も【縮小化】というスキルを取得しておる」

「はぃ？」

黙り込んでいたと思ったら、今度は予想外のことをぽつりと零した。

……【縮小化】スキルを使えるだって？

「え、じゃあ、ジュール達みたいにカイザーも小さくなれるってことか？」

「うむ。たぶん」

「……」

ここにきて、新たに衝撃の事実が判明した。

「どのくらいの大きさになれるか見てみたい気もするが……一度、元の姿にならないといけないと思うから今は無理だな。カイザー、海に戻った時に試してみてよ。それで、どのくらいまで小さくなれるか確認して」

「うむ」

「大きさによってはジュール達みたいに、長い時間でも一緒にいられるかもしれないぞ」

「お、そうさな！　戻った時にすぐに試してみよう！」

元がビル並みの大きさなわけで、それが一軒家並みの大きさにしかなれないのなら、さすがに連れ歩くことはできない。なので、どのくらい小さくなれるかの検証は必要だ。

連れ歩くには、マフラーみたいに首に巻けるくらいの大きさが理想かな。

「あ、あと、人化した状態から縮小化した状態へ直接なれるかどうかも確認してな。あ、縮小化した状態から人化っていう逆の流れもだな」

「了解した」

一度、元の大きさに戻らなければならないなら、気をつけないといけないからな。

「それにしても……今日は驚くことがいっぱいだったな～」

「「おどろいたね～」」

「それで、カイザー、明日は街の案内をするけど、行きたいところとかやりたいことはあるかい？」

スキルについてはカイザーに試してもらうしかないので、観光についての話に切り替える。

「そうさな～、人の食事には興味があるな。先ほど提供されたものもなかなか良かったが、もっといろいろ食してみたい」

「カイザーの普段の食事は生肉か？」

「うむ、魔物だな。今まで一番美味（うま）かったのは、サファイアドラゴンだな」

「「ドラゴン！」」

ドラゴンの肉と聞き、子供達の目が煌（きら）めく。

「アレンもたべたい！」

「エレナも！」

「む？　だが、サファイアドラゴンはなかなかいないのだ。我にとっても偶に得られるご馳走（ちそう）だ。そうさな、ブルードラゴンならそのうち土産に持ってこよう」

「『ほんとう？』」

「うむ、我は嘘は言わん」

「『ありがとう！　たのしみ！』」

「任せておけ！」

何だかよくわからないが、今度ドラゴンのお肉を手に入れられることになったようだ。

「カイザー、そんな簡単に約束できるほどブルードラゴンって生息しているのか？」

「ブルードラゴンは下位のドラゴンだからな。そこそこおるぞ」

「え、下位？　ドラゴンってどれもランクは高い存在だよな？」

「ああ、人からすれば、ブルードラゴンでもそれなりに強い存在になるがな」

カイザーの話によると、ドラゴンの中でも下位、中位、上位と格があるようだ。

水竜で言えば、下位がブルードラゴンで、中位がウォータードラゴン、上位がサファイアドラゴン。そして、水竜の中で頂点に立つものが水竜王となる。これがリヴァイアサンで、カイザーのことだな。

同じ水竜とはいえ、あまり仲間意識はないらしい。

仲良くするというか……配下になる者もいれば、血の気が多く喧嘩っ早い者もいるようなので、挑んできた者は漏れなく返り討ちにしているようだ。

そして、お土産になるのは、返り討ちにあうドラゴンになる予定だそうだ。

「じゃあ、竜王っていうのはそれぞれの属性に一匹ってことなのか？」

「そんなことはないと思うぞ。我は会ったことがないが、海は広い。我と同じ種族の者もどこかに存在している可能性はある」

「そうなんだ～」

ちなみに、飛竜は空を飛ぶドラゴン種の総称で、飛ばないドラゴン種を地竜と言うらしい。

なので、僕達が知っている飛竜のシャロは、種族的にはブラウンドラゴンということがわかった。

何でも、ドラゴンの鱗は属性によって色が変わるそうで、黄土色のシャロは土属性であるということだ。

ということは、城にいる飛竜達は実はいろんな種族がいたんだな～。赤っぽいのとか緑っぽいものもいたしな。

今度、城の飛竜達に会うことがあれば、忘れずに鑑定してみよう。

◇◇◇

翌日、僕達はカイザーに街を案内して回った。

「ここはね、ぶきや～」

「こっちはね、いすとかをつくっているところで～」

「ほうほう。あそこからは何やら良い匂いがするな。あそこはなんだ？」

「『パンやだよ！』」

子供達が順番にお店を紹介していくが、カイザーは匂いにつられてパン屋へふらふらと寄っていく。

「いろんなものが並んでおるな～。置いてあるものは好きに食べても良いのか？」

「ダメだよ～」

「おかねがいるよ～」

「おかね？　おかねとは何だ？」

そうか。カイザーはお金を知らないのか。でも、まあ、当たり前か。

「お金っていうのはね、えっと……物と交換するための道具の一種かな」

改めてお金について説明するのって難しいな～。

「えっと、物を差し出してお金を得ることを〝売る〟。お金を差し出して物を得ることを〝買う〟って言って……僕達は手に入れた魔物の牙（きば）とか皮をお店に売ってお金を手に入れ、そのお金でパンとかを買うんだ。まあ、他にもお金を手に入れる手段はあるけど、欲しいものを手に入れるにはお金が必要だって覚えておいて」

「ふむ、なるほど、了解した」

僕はなるべく簡潔に説明をする。

「魔物がお金になるのだな。それなら、我の鱗なども売れば、お金になるということだな？」

「……いや〜、それは止めたほうがいいかな〜」

リヴァイアサンの鱗を売りに出したら大騒ぎになる。

しかも、注目もされるであろう。

「む？　我の鱗は売れないということか？」

「違う違う。鱗一枚でも凄い量のお金を貰えるよ。確実にね」

「本当か！」

売れないのではないかと少々しょんぼりするカイザーだが、違うとわかると嬉しそうにする。何というかこう、〝ぱぁ〜♪〟という効果音が聞こえて、背後にも花が見えてくるかのような勢いだ。

「うん。ただね、滅多に見るものじゃないから、それはそれは大騒ぎになると思うよ。というか、なるね！」

「……騒がしいのは好きではないな」

カイザーは渋い顔をしていた。

リヴァイアサンなのに……と言っても良いのかわからないが、表情の喜怒哀楽が激しい。まあ、無表情でいられるよりは良いんだけどね。

「とりあえず、カイザーはお金を得る手段は考えなくても、欲しいものがあったら僕に言って。まずはパンだね。――アレン、エレナ、一緒にパンを選んで、買い方を教えてあげて」

「「うん！」」

アレンとエレナがカイザーの手を引き、パン屋に入っていく。

「おぉ～」

「こっちのが、しろパンだよ～」

「こっちは、くろパンだよ～」

「ふむふむ。では、こちらは？」

「「えっと……なんだっけ？」」

「ははっ。全粒粉（ぜんりゅうふん）のパンだよ」

「「それ！」」

アレンとエレナは、何故か全粒粉のパンだけ覚えていなかった。まあ、基本的に白パンばかり食べていたし、菓子パンや調理パンを作ってからは、そっちを食べる機会が多かったしな。

「ふむふむ。なるほど、いろいろなものがあるのだな。ん？　こっちのものは少し甘い匂いがするな」

「「ジャムパンだよ！」」

「ほぉ～、ジャムパンと言うのか？　美味（うま）いのか？」

「「あまくておいしいよ！」」

アレンとエレナは、頬に手のひらを添えてうっとりとしている。

そんな子供達を見て、カイザーは表情を煌めかせる。

「そうか、美味いのか。それは食べてみたいな」

「ジャムパンだけでいいかい？　それとも、普通のパンも食べてみる？」

「頼む！」

「アレンもたべたーい！」

「エレナも～」

カイザーだけずるい、と言わんばかりにアレンとエレナが挙手しながら主張してくる。

でも、この後行く先々で、子供達に全部買ってあげるわけにもいかないからな。

「カイザー、この先は食べものの出店や屋台が多い区画なんだ。気になったものは全部買うつもりでいるから、その都度子供達にも少し分けてあげてくれる？　カイザーが食べるもの全部、子供達にも買ったら食べきれなくなっちゃうからさ。あ、分け合って食べるのが嫌だったら断ってくれていいよ」

「我は特に気にしないぞ。子らよ、我と一緒に食べるとするか」

「「うん！　ありがとう！」」

「うむ、良い返事だ」

たぶんだけど、カイザーの食事量は多いから、いろいろな出店のものを買って食べることができると思う。それに全部付き合うことなど無理に決まっている。

……これで子供達が食べ過ぎてお腹を壊す未来は防げたかな？

「はい、じゃあ、まずはパンね」

「アレンがかってくる～」

「そうか。じゃあ、お願いな」

「はーい」

「カイザーはアレンがやることを見ておいて」

「心得た」

ここはアレンが買いもののお手本をしてくれるので、その姿をしっかりとカイザーに見せておく。

カイザーはそれを真剣な眼差しで見つめていた。

そして、パンを買った僕達は、次に出店の多い区画へと向かった。

「ふむ、お金というのは、いくつか種類があるのか。まずはそれを覚えないといけないのだな」

「そうだね～、銅貨、大銅貨、銀貨、大銀貨、金貨……この五種類を覚えれば、街での買いものくらいなら問題なくできるようになるな」

「そのくらいなら覚えられそうだ」

「アレンがおしえてあげる～」

「エレナもおしえてあげる～」

「よろしく頼む」

「『うん、まかせて！』」

早速、子供達とカイザーは歩きながらお金の勉強を始める。

「おぉ～、あちこちから美味そうな匂いがするな～」

出店が並ぶ広場に到着すると、カイザーが物珍しそうにきょろきょろと周囲を見回した。

「さて、どれから食べてみる？」

「うむ……」

僕が聞くと、カイザーは真剣に悩み出す。

「……そこまで悩まなくても、選んだもの以外が食べられないわけじゃないんだからさ」

「いや、しかし……」

「ちなみに、気に入ったものがあれば、後からもう一度買うこともできるからな」

「おぉ！　そうか！」

あまりにも真剣に悩んでいるので助言をすると、カイザーの目が輝く。

気のせいだと思いたかったが、カイザーも意外と食いしん坊……なのかな？

「『カイザー、カイザー』」

「ん？」

「アレン、あれがたべたい！」

「エレナはあれがいい！」

「うむ、どちらも美味しそうだ。食べてみよう」

「「やったー！」」

アレンとエレナがカイザーの手を引き、出店に向かっていく。

「タクミ、これは何だ？」

「串焼きだね。——お兄さん、何のお肉ですか？」

「今日はホーンラビットだよ。味つけは最近出回るようになったカレー塩かハーブ塩の二種類だ！」

「「カレーしお！」」

カレー塩と聞いてアレンとエレナの目が輝く。二人ともカレー味が好きだからな。

というか、僕が作ったお手軽塩シリーズを使っているっぽいな。だいぶ浸透してきたのかな？

一方、カイザーのほうは、ホーンラビットと聞いて若干がっかりしている様子である。まあ、ホーンラビットの肉は、ドラゴンと比べたら低品質になるからな～。

「どうする？　カレー味のほう？　両方？」

「「りょうほう！」」

「はいはい。——お兄さん、少なくて申し訳ないですけど、一本ずつお願いします」

「構わないさ。食べ歩きだろう？　一店舗ずつ少ない量を買っていろんな店を回るお客さんは、結構いるもんだよ。——ほら、お待ち！　熱いから気をつけるんだよ」

「「ありがとう！」」

店主は子供達にそれぞれ串焼きを一本ずつ渡してくれる。

すると、子供達はすぐにカイザーと分け合って串焼きを食べ始めた。

「む？　むむ？」

「どうだい？　口に合わなかったかい？」

「ホーンラビットの肉は大したことがないと思ったが、これはなかなか美味いな！」

反応からして、どうやら口に合ったようだ。

そんなカイザーの様子を見ながら、再び歩いていく。

「「つぎはあれー！」」

「うむ、そうだな！　タクミ、頼む！」

「はいはい」

僕も時々気になったものを食べたが、子供達とカイザーは全店を制覇する勢いで次々と食べ歩き進めた。

「満足した？」

「「した～」」

「うむ。まだ少々食べ足りない気もしておるが、概ね満足したぞ！」

このくらいの量で満足するのなら、カイザーは一般成人男性より少し大食いってくらいかな？

一応、足りなかった時のために回った店からこっそり追加で購入しておいた食べものを

《無限収納（インベントリ）》に入れておいたんだけど……必要はないようだ。

「じゃあ、また店を見ながら家に帰るか」

「「はーい」」

来た時とは違う路を通りながら、僕達はルーウェン邸へと戻ることにした。

◇　◇　◇

観光案内二日目。今日は子供達がお薦めする場所に行くことになった。

「どこに行くんだ？」

「「ないしょ～」」

子供達は行き先を教えてくれない。

ただ、街の外のようだ。

「タクミ、我はこっそり出たほうが良いのか？」

「いや、このまま一緒に出よう」

事件などがあって検問が敷かれない限り、街の外に出る時に身分証を確認されることはあまりないので、カイザーも一緒にしれっと門を通り抜ける。

そして、人気（ひとけ）のないところでジュール達を呼び出した。

「「よろしくね～」」

《わかったよ！》

《わかったわ！》

子供達は行き先をジュール達にだけに告げる。そして僕とカイザーには教えてくれないまま、カイザーとアレンでジュールに、僕とエレナでフィートに乗って出発した。

「ここ？」

「「ここ！」」

そうして、到着した場所というのが……『巨獣の迷宮』だった。

アレンとエレナらしいと言えば、らしいけどね！

「……ん？　この魔力溜まりは……ああ、やはり迷宮か！」

「カイザーは迷宮を知っていたんだ？」

「うむ、海中にもあったから見たことだけはな。だが、入ったことはない……というか、入れんかったのだ。そうか、今の姿なら入れるな！」

カイザーはわくわくした様子を見せる。

まあ、元の大きさのカイザーだと、迷宮の入り口はくぐれないよな。それなら入ったことがないのも当然かもしれない。

ということは、子供達の案内は、あながち的外れではなかったようだ。

「カイザーからしたらもの凄く弱い魔物しか出ないと思うけれど……それでも行ってみるかい？」

「うむ、物は試しだ。行ってみよう」

カイザーが良いのであれば、僕が反対する理由もないので、僕達はすぐに迷宮に入ることにした。

「ほうほう、なるほど。内部はこうなっておったのか」

興味津々に周りを見渡すカイザーに、僕は説明をしていく。

「ここが一階層の広間だな。で、あれが転移装置。この迷宮だと十階層ごとにあって行き来できるものだね。ただし、一度行ったことがないと使えない」

「ふむ。では、我はまだ使えないということだな」

「そうだね」

「まあ、初めて来た場所であるし、順番に行くほうが楽しめるであろう！」

「はやくー」

「いこー」

子供達に催促されて、僕達は一階層へと入った。

「む？　何か来たな」

「ホーンラビットだね」

「おぉ！　ホーンラビットか！　倒せば、昨日の串焼きが食べられるのだな！」

言うが早いか、カイザーはもの凄い早業で《ウォーターボール》を繰り出した。その途端――ドカーンッ……と迷宮内に大爆音が響く。砂埃も凄い。

「カイザー！　強すぎ！　威力をもっと抑えて！」

「「《《《《おぉ～、すご～い》》》》」」

慌てる僕とは対照的に、子供達は感動した様子を見せる。

「加減が難しいな。せっかく見つけた肉が……」

たぶんだが、ホーンラビットは弾け飛んだに違いない。

するとカイザーが声を上げた。

「む？　おぉ!?　タクミ、タクミ！　あれは何だ？」

「あ、ドロップアイテムだ！」

「「おにく～」」

視界が晴れると、ホーンラビットのいたところに葉の包みがあった。

ホーンラビットは弾け飛んだが、ドロップアイテムには影響がなかったようだ。

「迷宮内だと、こうやってドロップアイテムが手に入るんだ」

僕はカイザーに説明しながら包みを拾う。

「ドロップアイテムは何が出るかわからなくて、牙だったり皮だったりするんだが、この迷宮は〝肉迷宮〟って呼ばれるくらい肉の出る確率が高いんだ。だから、これもきっと……――」

中身は肉だろう……とカイザーに見せようと包みを開ける。すると、中には何故かたっぷりとひき肉が入っていた。

「……このパターンは初めてだな」

「「おぉ～」」

「……肉が粉々になっておる」

「塊肉以外も出るんだな～」

出た魔物を木っ端みじんにすると、ひき肉が出るんだろうか？

「むむ……本当なら肉の塊が出るのか？　それなら、これは失敗ということか？」

「いやいや、違う違う」

「そうなのか？　使えないものが出たので驚いたのではないのか？」

「このお肉は使えるよ。僕なんて肉の塊をわざわざ細かくして使うこともあるくらいだしな」

「ハンバーグ！」

「メンチカツ！」

《カレーもできるよね！　パンに入ってたし！》

《肉まん！　あれも美味しかった！》

ひき肉は使えるものだとカイザーに説明していると、アレンとエレナ、ジュールとベクトルが具体的に料理名を上げる。数度しか作ったことがない料理でも、よく覚えているものだ。

「聞いたことがないものばかりだ！　そのどれもが、この粉々の肉を使うのか？」

「《《そうだよ！》》」

「ふむ、それなら、この粉々の肉をもっと手に入れないといかんな！　――お、来た来た」

ちょうど良いタイミングでホーンラビットが現れたので、カイザーは即座に先ほどと同じように倒す。やはり跡形もない。

まあ、先ほどよりは砂埃が少ないので、魔法の威力は弱めたのだろう。

「どうだ、タクミ？」

「えっと……あ、今回もひき肉だな」

「おぉ、手に入ったか！」

倒し方の違いでドロップアイテムに影響が出るのだろうか？

「カイザー、次はもっと手加減して倒してみて」

「わかったぞ」

そして、カイザーにもっと威力を抑えて倒してもらうと、手に入ったものは塊肉だった。

その次も手加減してもらい、手に入ったのは塊肉。そのまた次は跡形もなく倒してもらうと、ひき肉が手に入った。

ちなみにここまで、全部の戦闘をカイザーが行った。

いつもなら我先に……とばかりに飛び出す子供達が大人しいのだ。今日はカイザーの案内役だからかな？　いつもこうなら、僕の出番がもう少しあるんだけどな～。

ともかく、ドロップアイテムの変化を見て、カイザーは感心した様子だ。

「倒し方によって得られるものが変わってくるとは……迷宮というのは不思議な場所だな」

「不思議な場所なのは確かだね。でも……倒し方でドロップアイテムが変動するっていうのは、聞いたことがなかったんだけどな～」

「「ないねぇ～」」

「そうなのか？」

「うん、ないんだ」

冒険者なら誰もが知っている情報……という可能性もなくはないが、僕は聞いたことがない。

「それなら、もう少し試してみるか？」

「そうだね。そうしてみよう」

その後、僕達はいろんな倒し方をしながら迷宮を進んだ。

すると、やはりカイザーが手加減しないで魔物を倒すと、必ずひき肉が手に入った。

となると、もしかしたら仮説は当たっていたのかもしれない。ただし、僕でも子供達でも魔物を跡形もなく木っ端みじんにすることはできなかったので、正確には検証になっていなかったかもしれないけど。

ただ、相当レベルが高くないと跡形もなく……という行為は難しいということもわかったな。

まあ、何にせよ、迷宮に来る者達は、ひき肉を手に入れるより塊肉を手に入れたほうがいいに決まっている。〝肉！〟って感じがするからね。なので、木っ端みじんにできなくても問題ないと思うな！

「さて、そろそろご飯にするか。何が良い？」

「我は粉々の肉を使った料理が良い！」

「アレンも！」

「エレナも！」

我先に、とカイザーが主張してくる。まあ、子供達やジュール達も賛成のようだしそれでいいか。

「了解。そうだな～、作りやすさで言えば、カレーか……そぼろご飯とかかな？」

「「そぼろごはん！　なにそれ！」」

作ったことのない料理名に、子供達は素早く食いつく。

「甘じょっぱく炒めたひき肉をご飯に載せて食べるんだよ。あ、炒り卵とエナ草で三色丼もいいかな？」

僕が作る三色丼は基本、そぼろ肉、炒り卵、ほうれん草だ。だが、ほうれん草の部分が絹さやになったり、桜でんぶや鮭フレークになったりもするけどな。

「「《《それがいい！》》」」

「三色丼？」

「「うん！」」

「カイザーはそれでいい？」

「うむ。我にとってもはどれもが初めてのものだ。子供達が所望するもので良いぞ」

というわけで、僕はさくさく三色丼を作った。

簡単な料理だったが、カイザーはもちろん、子供達もいたく気に入ってくれた。

「さて、お腹もいっぱいになったことだし、先に進むか〜」

「「おー！」」

ご飯を食べてからも迷宮攻略に精を出し、六階層では当たり前のように、僕達が以前見つけた裏ルートへ行った。まあ、行ったついでにレイ酒をたっぷり汲んだけどね。

レイ酒にはカイザーも興味を持っていたが、飲んだ時の影響が計り知れなかったので、その場で飲むのは必死に止めた。酔っぱらってしまったら、人化が解けるかもしれないだろう？　そうなったら、圧死してしまうかもしれない。

妥協案として、僕の持っているマジックバッグをカイザーに渡し、それにレイ酒をたっぷり詰め込んだ。海に戻ってから飲むようにとね。

「《ウォーターボール》」

六階層の攻略が終える頃にはカイザーも手加減が自在にできるようになったので、木っ端みじんにはしなくなった。

「おぉ、タクミ、なかなか大きな肉が手に入ったぞ」

「本当だね。これなら厚めにスライスして、単純にステーキが良さそうだね」

「ステーキとは何だ？」

「ただ焼いたものだね。だけど、味つけはいろいろできるな」

単純に塩コショウ、お手軽塩シリーズ、ニンニクショーユ、バターショーユ、おろしポン酢や甘ダレ、前につくった焼き肉用のタレ……といろいろできる。

「カイザーが帰る前に、焼き肉でもするか。そうすれば、いろんな肉をいろんな味で食べられるから、カイザーがどんな味が好きかわかるだろうし」

「おぉ！　それは楽しみだ！」

「《わ～い、やった～》」

焼き肉をしようと言えば、カイザーはもちろんだが、子供達も大喜びだった。

「そうなると、もっと肉が必要だな！」

「「そうだね！」」

「いやいや、現時点でもういろんな肉が手に入っているからね!?」

《駄目だよ、お兄ちゃん。もっといっぱいいるよ！》

《うんうん、もっといるよ！》

「だから、いっぱいあるって！」

「よし、みんな行くぞ！」

「《《おー！》》」

僕の言うことを聞いてくれない。

カイザーを先頭に、アレンとエレナ、ジュールとベクトルが肉を求めて駆け出していく。

《兄様、どのみち迷宮の中では止まらないわよ》

《そうですね。こうなってしまったら、自由に行動させたほうが平和ですよ》

《そうなの！　何を言っても止まらないと思うの！》

「それもそうだね。じゃあ、追いかけるか」

《《《はーい》》》

僕はフィート、ボルト、マイルと一緒に、先に駆けて行った子供達を追いかけた。

そうして子供達に追いついたと思った途端、カイザーから大量の肉を渡された。

「タクミ、やっと来たか。ほれ、肉だ」

「え、もうこんなに倒したのか⁉」

僕は思わず、目を丸くする。

「おにぃちゃん、これもー」

「こっちもあるよ～」

アレンとエレナもせっせと手に入った肉を運んでくる。

「まだあるの⁉」

「ちょうど群れとかち合ったのだ」

「「いっぱいいた～」」

「そうなの？　そんなに激しい戦闘音とかはしなかったよ!?」

「全員でさくさく片付けたからな」

アレンとエレナ、カイザーにジュールとベクトルまでいたら、相手が群れだったとしてもあっという間に終わってしまうのはわかるけどね！

だけど、〝どたん、ばたん〟的な音がほとんどしていなかったのは、おかしくないかな？

「あっさり終わったのは……まあ、いいんだ。それだけの戦力がいるからな。ただ、どうやって倒したのかが不思議だったんだよ」

「なーに、魔法でスパッとしてしまえば、そんなに音は立たんさ」

そうか。《ウォーターボール》とかの当ててどかんとする魔法じゃなくて、スパッとやったか。

それなら音はあまりしないか。

「「あっ！」」

話を聞いているうちにまた魔物が現れたようで、子供達が倒そうと構える。

「「《ウォーターブレード》」」

「んん!?」

アレンとエレナが放った水の刃が、こちらに向かってきたジャンボエルクの首をスパッと切り落した。しかも、ほとんど音を立てずにね。

「ちょっと待って!!　え、今の何っ⁉」

「《ウォーターカッター》の上位版と言えば良いか?」

「あ、うん、そういう魔法があるのは知っているよ。そういうことじゃなくて、何で子供達がその魔法を使っているか……っていうことのほうね!」

「ん?　先ほど、我が教えた」

「いつの間に⁉」

なんと、カイザーが子供達に新しい魔法を教えていたようだ。

僕もずっと一緒にいたはずなのに、教えた場面を見ていないよ!　あ、もしかして、僕が料理をしていた時か⁉

「でも、そういうことか。群れに出くわした時もあの魔法でスパスパ倒したんだね」

「うむ、その通りだ」

だから、戦闘が静かだったわけか。

「しっかりと使いこなしておるな。子らよ、その調子だ」

「「うん!」」

「よし、どんどん行くぞ」

《ボクもボクも!》

《オレも！》
「うむうむ、わかっておる」
最初は迷宮に興味津々で先陣を切って戦っていたカイザーだが、ここに来て子供達の指導に力を入れ始めたようだ。
《これは止まらないわね》
《そうですね。とても楽しそうです》
《お肉がいっぱいの予感なの！》
フィート、ボルト、マイルの予想通り、それからもカイザー達は大量の肉を集め続けた。
だがしかし、十階層のボスを倒したところで、カイザーが人化していられる時間の都合上、迷宮攻略は終了となる。
「「えぇ～」」
「仕方がないだろう。時間的にここで戻っておかないと、カイザーがステーキの食べ比べをできなくなっちゃうんだから」
まあ、アレンとエレナは最下層まで攻略する気でいたのだろうが、さすがに中級迷宮を一日で攻略するのは到底無理な話である。
というわけで、僕達は迷宮を出ると、街道から離れた場所で焼肉……というかバーベキューパーティを始める。

「おぉ！　これは美味い」

「こっちもおいしいよ～」

「これもおいしいよ～」

カイザーは全種類の味を試していたが、どれも気に入って一番は決められなかったようだ。だが、どれが何味かしっかりと名称を覚えていたので、今度からは食べたいものをリクエストしやすくなったことだろう。

「うむ、タクミ、楽しかったぞ」

「それは良かった。じゃあ、気をつけて帰るんだよ。それと、次に来る時はどうするか覚えているか？」

さっきお肉を食べながら、今度来る時は【人化】スキルで人型になってから僕に【念話】スキルで呼びかけてくれれば召喚する……というルールを決めたのだ。

「うむ、わかっておる。次は海で金になるものをたっぷりと集めて持ってくるから、またいろんなものを食べさせてくれ」

カイザーはすっかり人の食事を気に入っていた。

一応、二、三食程度の食事は渡しておいたが……足りなさそうだな。だが、残念ながらカイザーが持っているマジックバッグは時間が経過するものなので、あまり多くは持たせられない。

これは早い段階で念話が届く可能性もあると考えておいたほうがいいかもな。

「いや、換金するものがなくても食べさせてあげるから、そんなに張り切らないで」

「遠慮するでない。あ、我の巣穴に綺麗な石がたくさんあったな。それも持ってこよう」

「いや、本当にいいよ」

カイザーが持ってこようとしているものって、もの凄いものになりそうで嫌な予感しかしない。

なので止めてみるが……カイザーは僕の言葉を一切聞いていなかった。

「「ドラゴン～」」

「うむうむ、ウォータードラゴンな。忘れておらんぞ。新鮮なやつも持ってくるからな」

「「うん！」」

アレンとエレナに至っては、お土産のドラゴンを忘れないように念押ししている。

「いや、もう本当に！　カイザーは絶対に張り切らないでくれ！」

「ん？　タクミは遠慮深いな～。だが、我とタクミの仲ではないか！　遠慮するでない！　おっと、あまりゆっくり話していると、海に辿り着く前に戻ってしまいそうだ！　それではな！」

カイザーはそう言い残して、颯爽と海に向かって走って行ってしまった。

今度、カイザーが来た時、恐ろしいことになりそうである。

第四章　知り合いがやって来た。続

「ん？」

「「なーに？」」

朝起きると、窓からコツコツと小さな音が聞こえてきた。

僕はベッドから起き上がって窓に近づき、カーテンを開ける。すると、窓の外には見覚えのある朱い小鳥がいて、窓を突いていた。

「あ、ライラ！」

「「ライラ？」」

『ククー』

森で出会った菜食主義のエルフ、オズワルドさんの従魔であるエデンバードのライラであった。

エデンバードはAランクのとても大きな鳥なのだが、うちのジュール達と同じく【縮小化】スキルを持っているので、小鳥くらいのサイズまで身体を小さくしている。

僕は窓を開けて、ライラを部屋に招き入れる。

《あ、その子がライラなの？》

マイルが不思議そうに尋ねてきた。

「あ、そうか。前回来た時は、みんなに会わせなかったか」

そういえば、前にライラが来た時は、ジュール達を呼び出していなかったっけ。

「ライラ、紹介するね。僕の契約獣でフェンリルのジュール、飛天虎のフィート、サンダーホークのボルト、スカーレットキングレオのベクトル、フォレストラットのマイルだよ。仲良くしてあげてね」

『ククー』

《《《《よろしく～》》》》

ジュール達とライラがにこやかに挨拶を交わす。

「今日はもちろん、オズワルドさんのおつかいだよね」

『ククー』

「よく来たね。ここまで来るのに迷わなかったかい？」

『ククー』

オズワルドさんは人との接触を避けて、森でひっそりと隠居(いんきょ)生活している。森では従魔のドライアドであるマーシェリーさんがいろんな野菜や果実などを育てているので、食材自体はたくさんあるが、さすがに調味料や衣料品などは街でしか手に入らない。そのため、知人に頼んで生活物資を手に入れていたのだが……その知人が買い出し係を辞めることになってしまい、お役目が僕に回ってきたのだ。

ライラと前に会ったのはルイビアの街だったが、僕達が王都にいても無事に辿り着けたようだ。

「手紙はあるかい？」

『クー』

「ありがとう」

ライラは身に着けているマジックリングから、手紙を取り出して渡してくれる。

「えっと……」

僕は早速、オズワルドさんからの手紙を読み始める。

手紙は簡単な挨拶から始まり、以前、試しに送った菓子パンをいたく気に入ったので、大量に欲しいということが書いてあった。日持ちについても、オズワルドさんが持っているマジックバッグはかなり時間経過が遅いものがあるので、いくらでも大丈夫とのことだった。

「……ずいぶん気に入ってくれたんだな〜」

「「なーに？」」

僕が呟くと、子供達が首を傾げる。

「ジャムパンとか木の実のパンが美味しかったから、いっぱい欲しいんだって」

「「うんうん、おいしいもんね〜」」

「じゃあ、いっぱい買うから、アレンとエレナが選んであげて」

「「わかったー」」

あとは、また本が欲しいということだった。

マーシェリーさんからも手紙があり、陽炎草（かげろうそう）は畑に上手く根づき、増やすことができそうだと書かれていた。ただ、残念なことに霊亀草（れいきそう）の畑への移し替えは難しいらしく、まだできていないようだ。まあ、鉢（はち）植えの状態で元気なので安心してとのことだった。

それと、手に入るなら乳製品と卵が欲しいそうだ。

「調味料は前回かなり持って行ってもらったから、まだ大丈夫ってことかな」

新しい調味料は今のところ増えて……いないよな？

あ、ヨーグルは知らないかもしれないので、少し持って行ってもらおう。

『ククー』

「ん？　ライラ、どうかしたかい？」

『ククー』

ライラが呼びかけてきたのでそちらを見ると、空いている空間にいろいろな籠や箱が現れた。ライラがマジックリングから取り出したのだろう。

「……これはまた大量だね～」

「「《《いっぱ～い》》」」

アレンとエレナ、ジュールとベクトルが籠や箱の中身を確認するように動き回る。

オズワルドさんからはいろいろな魔物の皮や牙などの素材。マーシェリーさんからは野菜、果実、小麦、白麦、それから赤麦(あかむぎ)――もち米だったり、他にも豆類など、いろいろな農作物が届けられた。

「前回のお金も使い切っていないのにな～」

買いものに使う金銭は、オズワルドさんが渡してくれる魔物素材を売って賄(まかな)うことになっている。その魔物素材が良いものばかりなので、明らかに買うものとの釣り合いが取れていないのだ。なので、前回売った分のお金がまだまだ残っている。

「ライラ、次に来る時は魔物素材はいらないって伝えてくれる？」

『クー』

伝言を頼むと、ライラは静かに首を横に振った。

《兄上、駄目だそうです》

「え？」

ライラの言葉をボルトが通訳(つうやく)してくれる。

『クー、ククー、ククー……』

《えっと、ライラとクローディアが食事のために捕獲した魔物の余りものなので、処分しないと邪魔になってくるそうです》

「……」

なるほど、ライラとダークパンサーのクローディアが魔物を捕まえて、その肉が食事になる。すると、肉以外……皮や牙が残るわけだな。

「じゃあ、僕が売ってお金を返せばいいのかな？」

オズワルドさんは売れる環境にいないので、代わりに売却してお金をライラに持って帰ってもらえばいいかな？

『ククー』

《え、いらないんですか？　――兄上、お金を持って帰っても困るそうです》

「え？　困る？　お金が困るの？」

『ククー』

《使う場所がないので》

「……」

確かに森から一歩も出ないのであれば、お金も必要ないけどさ！

「ほら！　何あった時のために備えて、家に少しはお金を置いておいたほうがいいよ。だから、持って帰ろう？」

『ククー、クー、ククー』

《多少は置いてあるそうです。それに、魔石も多めに保管しているので大丈夫、とのことです》

「……」

ライラは僕に反論されたら、そう答えなさいと言われているかのようにすぐさま返答してくる。

「オズワルドさんのほうが一枚上手だな～」

可能な限り、もので返すとしても……それでもなかなかの大金が残りそうな予感がする。

「ねぇ」

『クク－』

やはり少しはお金を持ち帰るように言おうとした瞬間、ライラが僕の言葉を遮るように鳴く。

《手間賃とお駄賃だそうです》

「……」

反論は認めない……という副音声が聞こえた気がした。

「仕方がない。買えるものは、とにかく買い漁ろう！」

「「あさるー？」」

「いっぱい買おうってことだよ」

「「おぉ～、いっぱいかおう～」」

というわけで、僕達は買いものをするために街へと出かけることにした。

「「どこいくー？」」

「最初は冒険者ギルドかな」

「「ギルドー？」」

「うん、ライラが持ってきた素材を売ってしまおう」

「「そっか～」」

まずは資金調達。まあ、調達する必要はないんだけど、オズワルドさん資金は別にして管理しているので、持ってきてくれた素材がどれかわからなくなってしまわないうちに売ってしまい、資金に加算しておきたい。

「で、その次はパン屋だね」

「「どこのパンやー？」」

「いろんなところのパン屋も行こうか」

クリームパンやあんパンが売っている店は、今のところ王都ではジェイクさん――お城のパン職人さんから紹介された店だけ……だったよな？　もしかしたら増えているかもしれないが、ジェイクさんのところが確実だしな。

もし完売していたら、別の日でいいので作ってもらえるように交渉して、ライラには僕の手持ちから渡そう。

ジャムパンと木の実のパンなら他のパン屋でも売っているので、店を梯子(はしご)すればいいか。店によってジャムの種類や味は違うしな。

「アレンのぶんもかっていい？」

「エレナのも～。あと、みんなのも～」

「もちろん、いいよ」

『ククー』

《兄上、オズワルドさんのお金から払うようにって》

「あ、やっぱり？　何となくそう言っているような気がした」

ボルトにはライラの通訳のために一緒に来てもらった。なので、僕の右肩にはボルト、左肩にはライラがいて、少々周りの目を引く。

ちなみに、他の子達はお留守番だ。小さくなったジュール、フィート、それにマイルは一緒でも問題なかったのだが、さすがにベクトルは小さくなっても連れて歩く勇気がまだなかった。見た瞬間にスカーレットキングレオだってバレちゃうからな。

その僕の心を察して、ジュール達からお留守番を申し出てくれたのだ。ベクトルだけお留守番はさすがに可哀想だから、と。僕が開き直れるようになるまで、もう少し時間が欲しい。

「まあまあ！　タクミさん、今日はウサギじゃなくて鳥の日なの？」

冒険者ギルドの受付に行くと、ベテラン受付嬢のケイミーさんが若干驚きつつもおどけたようにからかってくる。

パステルラビットを頭やら肩に乗っけてくるせいだな。

「片方は僕の契約獣、もう片方は知り合いの従魔です」

「どっちがどっちかしら？」

「サンダーホークが僕です」

そう答えると、ケイミーさんは楽しそうに笑う。

「ふふっ、噂は本当だったのね〜」

「噂、ですか？」

「そう、噂。ルイビアの街の冒険者ギルドが発端ね。タクミさんには凄い契約獣がいるってね」

「……ああ〜」

そういえば、オーク討伐に行った時に、ジュール達のことを紹介したな〜。

「何体もいるんですってね。サンダーホークの上を行く種族の契約獣が。私、一度に見たら腰を抜かす自信があるわ」

暗に「全部いっぺんに契約獣を紹介しないでね」って言っているのかな？

「そういえば、契約獣や従魔ってギルドに登録したりしないんですか？」

よく本や物語では登録が義務だったよな〜。僕はすっかり忘れていたが、「登録しろ」みたいなことも言われていない。

「報告されればギルドカードに記載はするけど、義務ではないわね」

「そうなんですね」

エーテルディアでは登録しなくていいようだ。

というかギルドカードに、そういうのを記載する枠……備考欄的なものもあったんだな〜。

「義務化しないで、問題にはならないんですか？」

「そもそも、冒険者以外でも魔物と契約したりテイムしたりする人はいるし、場合によっては普通の馬だって暴れたら危険でしょう？　冒険者だけ、それも魔物だけの存在の有無を登録する意味がないわ」

「あ〜……」

冒険者じゃない人に従魔がいたら、どこに登録するか……という問題になってくる。

馬のほうも暴れて蹴られでもしたら大怪我、打ちどころによっては死ぬ可能性だってあるよな。

そう言われたら、冒険者の魔物だけ登録する意味はないと感じる。

「それにね、パステルラビットの扱いでもややこしいことになるでしょう？」

「あ〜……」

可愛い存在であるが、パステルラビットも一応魔物だったな〜。

しかもパステルラビットを飼っているのは、庶民よりも貴族のほうが多い。確かに、ややこしくなりそうである。

「ちなみに、ギルドカードに記載しているほうが良い……とかあるんですか？」

「特にはないわね」

ないんだ。

「あ、連れて歩いていなくてもギルドカードに記載があれば、必要な説明だけは勝手にしてもらえるわ」

魔物を表立って連れ歩いていると、街に入る時に、〝連れている魔物が何か問題を起こした場合、飼い主に罰が課せられる〟という感じの忠告がされるらしい。そして、ギルドカードに記載があると、連れ歩いていなくても、もれなく忠告が入るようだ。

「でも、識別できるようにしておくのが、暗黙の了解になっているわね」

「識別ですか？」

「飼い主が誰なのかわかるように、首輪などに飼い主の名前を入れるの。これは魔物だけじゃなく、馬とかもね」

「え、知りませんでした」

暗黙の了解……ということは、法で定められているわけではないので罰則はないだろうが、きっとだいたいの人が守っていることだろう。

「ほら、そちらの朱い鳥の子が着けている札がそうだと思うわよ」

「これか？　――ライラ、ちょっと見せてね」

『ククー』

ライラの首には、ドッグタグのようなものがぶら下がっていた。僕はすぐにそれを確認させてもらう。

「本当だ。名前が入っている。それにこれは……宝石？　いや、魔石？」

「たぶん、飼い主さんの魔力が込められたものじゃないかしら？」

「ああ！」

確かに石からオズワルドさんの魔力を感じるし、僕が預かったオズワルドさんの魔力が込められた石と色も似ている。

「石は〝この子はうちの子だ〟という主張のようなものね。貴族の飼っているパステルラビットだと、盗まれないように魔力を込めた石を装飾品として身に着けさせることが多いわ。それも外れないようにしてね。魔力の波長は一人一人異なるから、いざという時に調べればわかる、っていう寸法よ」

「は〜……勉強になります」

そういえば、知り合いが飼っているパステルラビット達は、もれなく首輪をしていた気がする。

僕はただ、他の子と見分けるためのものかと思っていたが、防犯対策の意味もあったのか〜。

《兄上、兄上、ぼくも兄上の名前が彫られたものが欲しいです！　魔力を込めた石付きで！》

すると、ボルトがそんなことを言い出し、ケイミーさんがそれに気がつく。

「あら？　その子、何かを訴えているようね」

「僕の名前が入った札が欲しいそうです。――じゃあ、すぐにみんなの分を作りに行こうか」

《はい！》

僕の魔力を込めた石付きのドッグタグを作ろうと思う。

《兄上、その札ってできるまでに時間がかかりますよね？　今日のうちに注文してしまいましょ

う！》

「そうだな〜。あ、でも、ジュール達の意見は聞かなくていいかな？」

《意見ですか？　みんなも欲しがると思いますよ？》

「そうじゃなくて、好みだな。どんなものが良い……とか」

《それは兄上が決めて問題ないと思います！》

「そうか、わかった。じゃあ、そうするよ」

まあ、ドッグタグ風に作るなら、形はそれほど種類もないだろうから、僕の好みで作らせてもらおう。

「ライラ、途中で僕達の買いものをしてもいいかい？」

『クー、ククー』

『ピュルルルー』

ライラの返答にボルトが鳴き声を上げる。

「ボルト、どうしたんだ？　ライラは何だって？」

《買いものをしても問題ないそうです。むしろ、早く作ってもらいなさいって》

懐いている従魔からしたら、名札は嬉しいもののようだ。これは、至急作ったほうがいいな。

「ケイミーさん、今日はありがとうございました」

「こちらこそ。たくさんの素材をありがとう」

本来の目的であった素材の売却を終えた僕達は、買いものに出かける。

「「パンや、はっけ～ん」」

「お、本当だ。じゃあ、いっぱい買おう」

「「かおう、かおう！」」

《兄上、ぼくとライラは屋根で待っていますね》

『クク－』

パン屋の入り口に立つと、僕が何も言わなくても、ボルトとライラは止まる場所を屋根へと変える。

「すぐ戻るけど、周囲には気をつけてな」

《はい》

『クク－』

ボルト達が何かをするような心配はないが、僕が従魔から離れたことでちょっかいを出してくる人がいないとは限らない。油断だけはしないように注意しておく。

まあ、Ａランクの魔物に手を出す人は少ないと思うけど、Ａランクだからこそ手を出す馬鹿はいるかもしれないからな。

「アレン、エレナ、心配はないと思うけど、手早く買いものをしよう」

「「わかったー」」

アレンとエレナは張り切ってお店に入ると、商品のところではなく、出迎えてくれた店員さんのもとへと向かった。

「いらっしゃいませ」

「「あのね、あのね」」

「欲しい商品がお決まりですか？」

「ジャムパンと」

「きのみのパン」

「「ぜんぶください！」」

まさかの全部。確かに〝いっぱい〟で〝手早い〟買いものだ。

「…………はぃ？」

子供達の言葉を聞いて、店員さんは意味がわからない……といったような表情をしていた。

そしてその表情のまま、僕のほうを向き直る。

「全部？　あるだけ全部ってことですか⁉」

「あ～……数が必要なのは本当ですね。ちなみに、ジャムパンと木の実とかを混ぜ込んだパンは何種類あるか教えてもらえますか？　それと、それぞれの数も」

とりあえず、僕はこの店にあるジャムパンと木の実パンの種類とそれぞれ何個あるのかを確認する。例えば……全部で五種類、それぞれ十個ずつとかだったら、本当に全部買うことになりそうだしな。

「えっと……ジャムパンは、イーチの実、オレンの実、ランカの実の三種類があります。あとは干したククルの実を混ぜたパンと、コトウの実と干しククルの実を混ぜたパン、干したブルーベリーを混ぜたパンがあります。今焼き上がっているのは……それぞれ二、三十個くらいだと思います」

「じゃあ、その六種類のパンを二十ずつ買っても問題ないでしょうか？」

「は、はい、大丈夫です」

僕は《無限収納(インベントリ)》からパンを入れるのに良さそうな籠を六個取り出して、それぞれのパンをそこに入れてもらう。

「あ、ありがとうございます」

店員さんは目を白黒させながらも、丁寧に対応してくれた。

パンを《無限収納(インベントリ)》にしまった僕達は、お礼を言ってお店を出る。

「「まだまだかうー？」」

「そうだね。もっと買いたいかな」

ライラが買い出しに来るのは数ヵ月に一回。パンは毎日食べる可能性があるものだし、もう少し持たせたほうがいいだろう。

「でも、この調子だと籠が足りなくなりそうだから、どこかで籠が売っていたら買い足さないといけないな～」

「おにぃちゃん、あそこ！」

「あそこで、かごうってる！」

僕が呟いた途端、アレンとエレナがすぐにお店を見つけた。

というわけで、僕達は籠を買い足し、その後もパン屋を見つけるたびに店に入り、パンを購入し続けた。

やはり店によってジャム、木の実やドライフルーツの組み合わせが違ったので、初めて見たものは自分達用のも買ってしまった。

パンを買い終えた後は、それ以外の食材の調達だ。

「卵とミルク、ありますか？」

「今朝、入荷したばかりの新鮮なのがあるよ！」

「お、やった。いっぱい欲しいので、売れるだけください」

卵とミルクはその日によって入荷していない時もあるが、今日はあったようだ。

「兄ちゃん、寒いからって卵はそんなに日持ちしないぞ」

「その辺は大丈夫です」

「まあ、兄ちゃんがそう言うならいいが。そうだな、卵はここに並んでいる分、ミルクはその子供くらいのミルク缶一本なら問題ないぞ」

「じゃあ、両方ください。あと、他の乳製品は入っていますか？」

「チーズは一種類しかないが、それならあるぞ」

「それも適当な量をください」

「おう、毎度あり」

店の人は注文の品を準備してくれる。

「これで全部だな。結構な量になったが……配達するか？」

「大丈夫です」

僕はそう言って、卵を一つ、《無限収納》にしまって見せる。

「お、収納持ちか！　便利な能力を持っているな～。なるほど、それなら卵も腐る心配をしなくて済むさな。羨ましいぜ」

「重宝しています」

僕は支払いを済ませると、残りの商品を《無限収納》にしまうように見せかけて、ライラにマジックリングに収めてもらう。

「あと、頼まれているのは、本だけだな。でも、その前に――」

「「ソルおじいちゃんのみせだ！」」

僕達はソルお爺さんの魔道具屋に寄った。

「アレン、エレナ、先に行って、ボルトとライラも一緒に店に入っていいか聞いてきてくれる？」

「「うん、わかった！」」

アレンとエレナはしっかり頷くと、嬉しそうに見た目がボロボロの店へ入っていった。

そして、そう時間が経たないうちに戻ってくる。

「おにぃちゃん！」

「いいって！」

許可が下りたようなので、僕達も店の中へ向かう。

「お邪魔します」

「いらっしゃい。ほぉ〜、その子達か。二匹とも綺麗な子達じゃな」

『ピュルー』

『クク―』

ボルトとライラは褒められて照れたのか、僕の顔に身体をこすりつけてくる。

「しっかりと懐いているようだのぉ〜。それで、今日はどうしたんだい？　その子達を紹介しに来たってわけではないんじゃろう？」

「ええ。こっちの朱い子は知り合いの子で、その知り合いからいろいろ買いものを頼まれているんですよ。それで、日常生活で使えそうな魔道具を買おうと思っています」

「なるほどのぉ〜。今すぐに持って帰れるのは、炊飯器、ミキサー、かき氷機、アイスクリームの製造機かのぉ」

「え、それが全部あるんですか？」

「最近はちらほらと注文が入るからのぉ～。作り置きしておるんじゃよ」

かき氷とアイスクリームメーカーは、ステファンさんのところが関係しているんだろうけど……

炊飯器とミキサーの需要(じゅよう)はそれほどなさそうだよな？

「炊飯器は主に貴族関係からの注文が多いな。おまえさんが関係しているんじゃないか？」

「……」

僕がご飯を食べさせた人達から、じわじわと白麦のことが広まっている可能性はあるな。

「ごはん、おいしいからね～」

「ふぉ、ふぉ、ふぉ、そうじゃのぉ～。今じゃ儂(わし)の自宅にも炊飯器はあるからのぉ～。白麦だって常備しておるぞ」

「気に入っているんですね」

白麦を常備とは……相当気に入っているみたいだ。

「うむ。ああそうじゃ、そうじゃ、おまえさんに聞こうと思っていたことがあったんじゃ！」

「僕にですか？　何ですか？」

「白麦だけで食べることが増えてのぉ。パンにはジャムがあるが、白麦にはそういうものがないから困っておるのじゃ」

「あ～……そう言われると、そうですね～」

ご飯自体が食べられることがなかったから、〝ご飯のお供〟的なものもないよな。

「ジャムくらいは日持ちして、ステファンの店でも売れるようなものあれば助かるんじゃが……」

「そうだな～……」

日持ちするとなると、乾燥しているものか、瓶詰め的なものだよな～。

ぱっと思いつくものは、ふりかけ、鮭フレーク、なめ茸、海苔の佃煮、食べるラー油とかかな？

「いくつか、これならできるかなぁ～っていうものがあるので、近いうちに作ってステファンさんのところに持ち込んでみる……ということでいいですか？」

「おぉ、良い良い！　ぜひ頼むよ！」

「わかりました」

ご飯のお供的なものは僕も食べたくなったので、近日中に試作してみよう。

「脱線して済まんかったのぉ。魔道具は何が欲しいんじゃ？」

「そうだな～、あるものはひと通り貰えますか？」

かき氷とアイスクリームは、作り方の紙も添えればマーシェリーさんでも作れるだろうし、何となくオズワルドさんは喜びそうな気がするんだよな～。

あと、炊飯器は渡してあるが、予備としてもう一つくらいあってもいいだろう。

「相変わらず豪儀じゃのぉ」

「今回は僕のではないですけどね。あと、モチ用の魔道具もお願いしたいんですけど、あれって作るのにどのくらいかかりますか？」

マーシェリーさんには赤麦を使った餅作り（もちづく）も教えたので、餅つき機の魔道具もあったほうがいいだろう。

「そうさな、部品はあるから、今日中に作って明日の朝に渡すことならできるかのぉ」

「ライラ、今日は泊まって、明日帰るんでも問題ないかい？」

『ククー』

《大丈夫だそうです》

ライラの了承を得たので、急ぎで申し訳ないが、ソルお爺さんに餅つき機の製造をお願いしてから店を後にした。

「「つぎはー？」」

「次は本屋さんかな？」

「「ほん！」」

「アレンもほしい！」

「エレナもほしい！」

「はいはい。もちろん、いいよ。お兄ちゃんも買う予定だしね」

僕達は張り切って本屋に向かった。

「おにぃちゃん！　これがいい！」

「おにぃちゃん！　これがほしい！」

本を物色し始めてすぐ、子供達は鉱物や宝石に関する事典を持ってきた。

今までは薬草や魔物が主だったが、今度は鉱物系の知識を広めたいようだ。

「二人とも勉強家だね～」

「「べんきょう、おもしろいよ？」」

「それは良いことだ」

本当に。勉強嫌いの子供に勉強を教えるのは、きっと苦労するだろうからな。二人が勉強好きで良かったよ。

「本はいくらでも買ってあげるから。好きなものを選びな」

「「わーい！」」

子供達の稼ぎなら、何冊買っても問題ないしな。

「アレン、あっちみてくる～」

「エレナはあっち～」

アレンとエレナは二手に分かれて本棚を見て回るようだ。

二人の様子を微笑ましく見ていると、入り口のほうから店主に声を掛けられた。

「お兄さん、新作の本を集めたよ」

「ありがとうございます」

店主にはここ数ヵ月の間で出た新刊をお願いしたのだが、なかなかの数が積み上げられていた。

「結構出たんですね」

「今年の秋は豊作だったんだよ」

僕は積まれた本のタイトルを見て、持っているものがないか確認していったが、どれも知らないものばかりだった。

「全部購入します」

「両方かい？」

「はい、新しいもので僕が持っていないものは、知り合いも持っていないものですから できれば二冊ずつとお願いしたが、ほとんどのものが二冊揃っている。

「他にも買いたいのがあるので、お会計はもう少し待ってくださいね」

「了解だよ。いや～、お兄さんの買いっぷりは気持ちが良いな～」

まあ、ここまで大量買いする人は少ないだろうな～。

「店主は、本は読みますか？」

「もちろんだよ。僕は本が好き過ぎて本屋になったくらいだからね！」

「じゃあ、今まで読んだ中で面白かった本を教えてくれませんか？」

「お兄さんが読んでなかったら、買ってくれるってことだな！　それじゃあ、おすすめを集めてこようじゃないか！」

「お願いします」

店主も大量に買ってもらえるとわかっているからか、とても協力的だ。なので、僕もどんどん手伝ってもらう。

物語系の本は店主が選んでくれるので、僕は魔法系の本や実用書などを眺めていく。

「「おにぃちゃん、なにかあったー？」」

「これは病気に関する本、こっちのは花の本だね」

「「おべんきょう？」」

「そうだね。勉強するための本だよ」

「アレンもよむー！」

「エレナもよむー！」

「じゃあ、一緒に読もうな」

「「うん！」」

病気の本には、どんな薬や薬草が効くとか、痛みを和らげるには何の薬草がいいとか、一時的な対応、完治するまでは……といった病状に対するあれこれが書かれているようなので、ちょっと興味を引かれた。

花の本のほうは、お祝いに良い花、お見舞いに良い花、逆に持って行っては駄目な花……などが書かれていて、他にも花言葉のようなことも書いてあったので、何となく必要性を感じたのだ。

「アレンとエレナが選んだのは、その四冊？」

「「うん、そう！」」

アレンとエレナは二冊ずつ本を抱えていたので、それと店主のおすすめを合わせて購入し、僕達は大満足しながら店を出た。

僕達は引き続き、パン屋を梯子しつつ街を練り歩く。

「「いっぱいかったね～」」

「そうだね。じゃあ、買い忘れはないかな？」

「「あったかなー？」」

『クク――……？』

《……兄上》

そろそろ帰ろうかと思ったが、ボルトから待ったがかかった。

「何か買い忘れがあったか？」

《…………ぼく達が着ける札が……》

「「あっ！」」

僕も子供達もすっかり忘れていた。

「ご、ごめん、ボルト」

《いいんです。今日はライラの買いものが目的ですから、仕方がないです》

「いや、僕が悪い！　今から注文しに行こう！」

「「おにぃちゃん、あそこ、あそこ！」」

ボルトがほんのりしょぼんとしている姿を見て僕も慌てたが、アレンとエレナもかなり慌ててそれらしい店を指差す。

「あれは……鍛治屋か？　金属タグだから、鍛治屋でいいのか？　よし、あの店に行ってみよう！」

ぱっと見では武器などの大物を扱う店か、細工物を扱う店かはわからないので、僕達はとりあえずその店に飛び込んだ。

「おぉ⁉　何だ、何だ⁉」

僕達が店に飛び込んできたので、店の人は何事かと驚いていた。

「あ、すみません。とても慌てていて」

「そうなのか？　それにしても兄ちゃん、凄いのを連れているな～」

〝凄いの〟と言われて、何を示しているのかが一瞬わからなかったが、すぐにボルト達のことだと気がついた。慌てていたせいで、ボルトとライラを連れて店に入っていいかも聞かずに、そのまま入ってしまっていたのだ。

「あっ！　重ね重ねすみません。暴れたりしない子達なので、このまま一緒でもいいでしょうか？」

「おう、構わないぞ。それより、そんなに慌ててどうしたんだ？」

「えっと、こちらでは従魔に着ける名前を彫った札って作ってもらえますか？」

「ああ、それならうちの店でも作れるぜ。そいつらのものだな？」

お店自体は間違っていなかったようだ。

「ん？　赤いほうは着けているようだな。じゃあ、黄色のほうだけか？」

「この子の他に四匹ですね。あと、パステルラビット用の首輪もお願いできますか？」

「そっちも作れるぞ。じゃあ、札が五つ、首輪が一つか？」

「あ、首輪も五個でお願いします」

「五!?　パステルラビットがそんなにいるのか？　まあ、作れと言われれば作るさ。それじゃあ、サイズと素材をどうするか決めるか」

「お願いします」

パステルラビットの首輪は、僕の魔力を込めた石付きの通常のものでいい。

問題はドッグタグのほうだ。

「札に使う金属は何がおすすめですか？」

「おすすめっていうか、通常は鋼(はがね)を使うな。良いものにするならミスリル一択だな」

「じゃあ、ミスリルで！」

「簡単に言うな～。ミスリルを使うと高くなるぞ～」

高くても問題ない。質が良いほうがいいからな！

「あ、そういえば、ミスリルを持っています」

ケルムの街で採掘したミスリルが《無限収納》に眠っていることを思い出した。

とりあえず、ひと塊を取り出してみる。

すると、それを見て店主さんが目を見開いた。

「うぉ！　これは質が良いミスリルだな！」

「そうなんですか？　じゃあ、これを使ってくれますか？」

「こんなに良いものを使うのか？　これは武器とかで使うようなものだぞ」

「今のところ武器を作る予定はないので」

というか、アレンとエレナがたくさん掘り当てたので、まだまだミスリルは持っている。

「まあ、兄ちゃんが良いって言うなら、俺は構わないんだけどよ……」

素材が決まったら、次はサイズだ。

基本的には、ぶら下がっていても邪魔にならない大きさで。身体を小さくさせる子達は小さい時を基準でね。

「じゃあ、あとは魔力を込めたものだな。パステルラビットのものも加えて十だな。魔石は……一つ。いや、小さめのだったら二つあったほうがいいな。空の魔石は持っているか？」

あとは僕が魔力を込めた石を用意するだけ。

使い切って空になった魔石に自分の魔力を込めて作るらしい。

でも――

「空の魔石は持っていないですね。どこで売っていますか？」

「おいおい、森を歩いていたら転がっているようなものを買う奴がいるか！」

空の魔石とは、魔力を使い切った魔石のことで、一部は再利用されるが、ほとんどが廃棄されるものらしい。

「うちに何個か残っていたはずだ。ちょっと待ってろ」

お店の人は、空の魔石を探すために店の奥へと入っていった。

そういえば、魔道具の魔石とかも魔力を使い切って交換する……というようなこともまだなかったんだよな～。

「ほら、持ってきたぞ」

しばらくすると、親指の爪くらい大きさの空の魔石――濁った灰色の玉をいくつか持ってきてくれた。まん丸じゃなかったら石にしか見えない色合いだ。

これなら確かに探せば森にありそうだな。ただ、今までは石だと思って気にしなかったのだろう。

「「いし？」」

「これが空の魔石だって。今度森で探してみようか」

「「おぉ、さがしてみる！」」

今後、必要になることがあるかもしれないので、何個か拾っておこう。

「えっと……魔力ってどうやって込めるんですか？」

「兄ちゃんは、魔力はあるほうか？」

「たぶん多いほうですね」

「それなら一気に込めても問題ないな。魔力が少ない人間だと、空の魔石を常に持ち歩いて、徐々に込めなきゃならんから時間がかかるんだよ」

「へぇ～、そうなんですね」

やり方を聞いた僕は、早速、空の魔石を一つ手に握って魔力を込めてみる。

「えっ!?」

すると、握り込んでいた硬いものが、突然崩れた感じがした。

慌てて握っていた手を開くと、そこには緑色の砂があり、さらさらと手のひらから零れ落ちていった。

「「みどりのすなだ～」」

「兄ちゃんはかなり魔力が多いみたいだな。それは魔力の込め過ぎだ」

魔力を込め過ぎて、石が砕けて砂にまでなってしまったようだ。

「し、失敗？」

「兄ちゃんは知らなさそうだから教えるが、その粉は使えるものだからな。ほら、この瓶に入れろ」

「は、はい」

僕は手に残っているものと台の上に零れた砂を、慌てて瓶に移す。

「兄ちゃんの属性は風か」

「そう……なのかな？」

火なら赤、水なら青、土なら茶色……と、自分の属性の色になるようだが――

「二属性に適性がある場合って、色はどうなるんですか？」

僕は風神の眷属なので、風属性が出るのは間違っていないが、他の属性の魔法も使えるからな。

「適性の強いほうが現れるのが普通だな」

じゃあ、僕の石が緑になるのは間違ってないな。

「だが……兄ちゃんは普通じゃなさそうだから、変わった反応が出そうだな」

「ええっ⁉」

「ほらほら、もう一回やってみろ」

……何か期待されているようだが、僕としては普通の緑色の魔石になってくれればいい。

そう思いながら、今度は抑え気味に魔力を込めてみる。

「あ、できた？」

「「みせて、みせて～」」

今度は砂になることなく、ちゃんと緑色の魔石ができあがった。

「あ、うん、ほら」

子供達がせがむので、できあがったばかりの魔石を二人に渡す。

「「おぉ～、いろんないろ、キラキラ～」」

「ん？　……いろんな色、キラキラ？」

「「うん、キラキラだよ～」」

「え？　ちょっと待って！」

子供達から魔石を返してもらい、もう一度しっかりと魔石を確認する。

すると、全体的に緑色だが、光の加減でオーロラのような輝きが見える？

「何で!?」

「はっはっは！　こりゃあ、本当に変わった反応が出たな！」

「これって、使えないものですか？」

「いやいや、使えるぞ。たぶんだが、他の属性の魔力も混ざった感じだな。さっき確認したくらいだから、風以外にも適性属性があるんだろう？　まあ、詳しくは聞かんから、もう一個にも魔力を込めちゃってくれ」

「これ、目立ちません？」

「ぱっと見なら緑だし、どうせ小さく割って使うものだから、そこまで目立たないさ。ほらほら」

確かに、ドッグタグや首輪につける魔石の大きさはそこまで大きくないので、じっくり見なければ普通の緑色に見えるだろう。

というわけで、もう一つの魔石も作ると、やはり光の加減でオーロラっぽいものが見える緑の魔石ができた。何でだろうね？

深く考えても仕方がないので、今度、空の魔石を持ち歩いて、徐々に魔力を込めた場合はどうなるかだけ確認しておこうと思う。


注文を終えて邸（やしき）に戻った僕達は、ライラに持って帰ってもらう荷物をもう一度確認した。

「頼まれたものは、パンと本と乳製品に卵で問題ないな」

『ククー』

《全部あります！》

「あとは……あ、そうだそうだ！」

手持ちからレイシの実、サビの実をいくつか渡す。マーシェリーさんなら知っているかもしれないが、一応他国で手に入れたものだからな。サビの実に関しては、料理のレシピも用意した。

あとは、新作の甘味。イーチ大福、ヨーグルゼリー、ドーナツ。あ、ヨーグルそのものも渡そうと思っていたんだったな。

「こんなものかな？」

《残りは明日の朝に届く魔道具だけですね！》

そして、翌日、朝一にソルお爺さんから魔道具が届いたのでそれをライラに渡すと、ライラはすぐさまオズワルドさんのもとへ戻っていった。

◇　◇　◇

ライラを見送った後、僕は早速、ソルお爺さんにお願いされた〝ご飯のお供〟を作ることにした。

「「なにつくるのー？」」

「ソルお爺さんに頼まれたやつだよ～」

「「あっ、ごはんのジャムだ！」」

……ご飯のジャム。間違っていないが、ホカホカのご飯の上に果実のジャムを載せるイメージをしてしまって、微妙な気持ちになってしまう。

「ご飯のお供って言おうか」

「「ごはんのおともー！」」

すぐに言い方を訂正させた。賢い子供達は、これでもうご飯のジャムとは言わないだろう。

「さて、改めまして、ご飯のお供を作りたいと思います」

「「おもいます！」」

日持ちの観点からすると、乾燥しているほうが扱いやすい気がする。なので、まずはふりかけを作ってステファンさんのところに持って行こうと思う。

「やっぱりふりかけと言ったら〝のりたま〟だよな～」

「ふりかけ～？」

「のりたま～？」

「ご飯の上にパラパラと振りかけるものだから」

「「ふりかけ！」」

「海苔とタマゴで」

「「おぉ！　のりたま！」」

ふりかけの王道だよな。

「アレン、エレナ、これを小さく切ってくれる？」

「ちいさく？」

「どのくらい？」

「えっとね……このくらい。二人にお願いしてもいい？」

「「うん、まかせて！」」

おにぎり用に作っておいた海苔を子供達に細切りにしてもらう。

「卵と鰹節（かつおぶし）、煎（い）り白ゴマ、味つけは……砂糖とショーユかな？」

まずは炒り卵を作る。色は黄色いほうがイメージに近いので、味つけはほんの少し塩を加えて、焦がさないように細かくカラカラになるまで炒める。

あ、しっかりと加熱したら、《ドライ》で乾燥させてもいいのか？　まあ、今回は初めてだし、普通に作っておくか。

続いて、鰹節には砂糖とショーユで濃いめに味つけをし、卵と同様にカラカラになるまで炒める。

あとは冷まして混ぜると完成のはず。

「「できたー？」」

「たぶん？」

「「たべてみよう！」」

「そうだね。それが一番の確認だよな」

炊き立てのご飯を用意し、完成したばかりのふりかけをかける。

「「おぉ～、ほんとうにパラパラ～」」

作る時にパラパラと振りかけると言ったのを覚えていたようだ。

子供達は上機嫌（じょうきげん）に「「パラパラ～♪」」と歌っている。

「「ん～～～。おいしぃ～」」

味は……若干薄かったかな？　あと、ちょっとカリカリし過ぎているような気がするが……こんなものかな？

「アレン、これすき～」

「エレナもすきだよ～」

味の調整は必要だが、初めて作ったにしては上出来だな。

「次は何のふりかけにするかな～？」

「「つぎー？」」

「そう。違う味も作りたいんだよね」

できることなら商品化してほしいという要望なので、何種類かはあったほうがいいだろう。

「ちがうあじー？」

「なんのあじー？」

「そうだな～……鰹節が主役のおかかと……鮭もいいな。ショーユ味ばかりだから、ミソ味でお肉をそぼろ風にしたもの、あとは大人用にわさび味。まあ、五種類もあればいいだろう」

「「おいしそう！」」

「どれも細かくした海苔を使いたいから、また切るのをお願いしてもいい？」

「「うん、まかされた！」」

子供達が海苔を大量に切ってくれる間に、僕はどんどん新しい味のふりかけを作っていくのだった。

「ほぉ……これが白麦用のジャムですか？」

翌日、作り上げたふりかけを持ってフィジー商会のステファンさんを訪ねた。

既にソルお爺さんから話が伝わっていたようで、ステファンさんからはとても歓迎されたのだが……ここで再びジャム扱いされて、また微妙な気持ちになった。

とりあえず、早々にジャム扱いからの脱却を試みる。

「パラパラとふりかけて食べるものなので、〝ふりかけ〟と名づけました」

「〝ふりかけ〟ですか。覚えやすくて良いですね」

ステファンさんに持ってきた五種類のふりかけを食べてもらい、商品になるか検討してもらう。

「カリカリした食感も、味もいいですね！　しかも、乾燥しているのである程度日持ちもする！　素晴らしい！　さすが、タクミ殿です！」

「ソルお爺さんから頼まれたので作りましたけど、商品として成り立ちますかね？　そもそも白麦を食べる人はまだ少ないでしょう？」

「いえいえ、じわりじわりとですが、白麦の需要は確実に増え続けていますからね。充分に商品にする価値はあります！」

そうか。需要は増えているのか。……高騰したりしていないよな？

これで家畜の餌が賄えなくなったりしていたら、僕の責任になるのかな？

「タクミ殿、どうなされましたか？」

「えっと……白麦の量って大丈夫ですかね？」

「ああ、品不足になっていないか、心配されたのですね！　それでしたら問題ありませんよ。一部の領主様が積極的に生産するように指示を出していたようで、充分な量が収穫されていますからね。需要が増えたため多少値が上がりましたが、それは仕方がないことですね」

「そうなんですね」

……僕達が王都に初めて来た頃、ルーウェン家で催された昼食会に来て、カレーライスを食べた人達が、そんな話をしていたような？　一部の領主様って、その人達のことかな？

最近はマーシェリーさんから白麦も貰うようになったため、店で買わなくなったからな。価格の変動はまったく気にしていなかった。

何にせよ、問題になっていないのなら良かったよ。

「じゃあ、ふりかけについては、レシピを渡してお願いする形で大丈夫ですか？」

「もちろんですとも！　本来でしたら、こちらがお願いしなくてはならない立場です！　是非ともフィジー商会にお任せください！」

とんとん拍子で話は纏まり、また利益の一部が僕に振り込まれることになった。

……そういえば、振り込まれたお金の確認のために商人ギルドに行くように言われていたが、すっかり忘れていた。海賊船の売却やら、魔力紙やお酒の報酬などで、残高が凄いことになっていそうなんだよな～。

もう少し先延ばしにしてもいいかな？

今日はガディア国の第三王子のアルフィード様――アル様からの突然のお誘いで、お忍び街散策に同行することになった。

「いい天気になって良かった～」

「「いいてんき～」」

アル様はとてもご機嫌な様子である。あ、うちの子達もだな。

「まあ、せっかくの散策が雨ではあまり楽しめませんしね」

「楽しめないどころか、中止になるんだよ。こっそり出かけようにもナジェークが阻止（そし）してきてな」

「視界が悪くては、しっかりと護衛できませんからね」

「ああ、なるほど～」

お忍びの時は近衛（このえ）騎士であるナジェーク様しか護衛がつかないからな。ただでさえ護衛が少ないのに、視界が悪かったら守れるものも守れない。ナジェーク様の言い分は凄くわかる。

「その件に関しては、僕はナジェーク様を支持します」

「何っ!?」

僕がナジェーク様を支持したことに、アル様は大袈裟なくらい驚いていた。

「そこまで驚くことですかね？」

「……タクミは私の味方をしてくれると思った」

「無条件にですか？　申し訳ありませんがそれはないですね」

……ただ、アル様にはそう言ったが、これがアレンとエレナのことだったら……無条件で味方をしそうだ。だが、それは絶対に駄目だよな～。ちゃんと状況を確認するように心掛けよう。

「残念だが、そりゃあそうだよな～」

「まあでも、アル様の言い分が正しいと思ったら味方しますから、それで許してください」

「了解。それでいいさ。でも、時々のお忍びは反対してくれるなよ？」

「あ、それはしないです。息抜きはしたほうがいいですし、条件さえ整っているのなら、やりたいことはやるべきですね」

王族ってだけで大変そうだからな。息抜きは大事だ。

「それじゃあ、まずはどこに行きます？」

「アレン、エレナ、昼ご飯にはまだ早い時間だろう？」

「「ごはーん？」」

「「たべられるよー？」」

「そうだぞ、タクミ。買い食いは街散策の楽しみの一つだろう？　昼ご飯の時間など関係ないぞ」

「……ははは～」

アル様も食べ歩きをする気満々だったようだ。

「どこに行くか決めてあるんですか？」

「決めてはいないが、そうだな……大通りのほうにでも行――」

「タクミさぁーーーん！」

行き先を言うアル様の声を遮るように、聞き覚えのある叫び声が聞こえてくる。

「大通りですね。さぁ、さくさく行きましょう！」

僕はそれを全力で聞かないふりをして、進むようにみんなを誘導する。

しかし、アル様は声のほうを向いていた。

「タクミの知り合いじゃないのか？」

「関わり合うのは止めましょう！」

子供達と三人だけの時ならまだいいが、アル様がいる時に関わるのは避けたいのだ。

「タクミさぁ～～ん」

「タクミ、もの凄く呼んでいるぞ」

「本当に不本意ながら、呼ばれていますね」

再び大声で呼ばれ、渋々と振り向くと、予想通りの人物――ヴァンパイアのヴィヴィアンが凄い勢いで駆け寄ってきた。

「ヴィヴィアン！　煩(うるさ)い！」

「お久しぶりですね、タクミさん。とても会いたかったですぅ～」

ヴィヴィアンは爽やかな良い笑顔だ。

「久しぶりと言われればそうだな。会いたかったと言われれば、微妙なところかな？」

「え、酷いです！　私は夢に見るくらいタクミさんと会いたかったんですよ！」

「おまえの目当ては、ご飯だろう！」

「はい、そうです！」

ヴィヴィアンは清々(すがすが)しいほどにきっぱりと肯定した。

「いや～、さすがタクミさんです。私のことをわかっていますね！　というわけで、対価はこちらです！」

ヴィヴィアンは鞄から薬瓶をいくつも取り出し、掲げてくる。

「そろそろ前にあげたやつも使ってしまって、もうない頃でしょう！」

以前に貰ったことのある『薔薇の滴』シリーズの薬のようだ。

「えっと……タクミ？　こちらの方はどなただい？」

突然のヴィヴィアンの登場、そしてマシンガントークに、アル様は唖然(あぜん)とした表情を浮かべていた。

「おや、タクミさんのお連れ様ですか？　私はヴィヴィアン。タクミさんの恋人です！」

「違う!!」

僕は即座に否定した。ヴィヴィアンが恋人とか、絶対に嫌だしな。

「えぇ～、そんな即答しなくてもいいじゃないですかぁ～」

「違うもんは、違う！　――アル様、これはヴィヴィアン。何回か会ったことがあるだけの知り合いです。かなりお調子者なので、言っていることは半分以上が冗談だと思って聞いてください」

「これって何ですか、これって！　それに、私はお調子者じゃないですよ！　もぉ～、タクミさんが酷い！」

「ヴィヴィアンの冗談のほうが酷いよ！　――ヴィヴィアン、こちらはアル様、絶対に失礼のないようにな！　本当に！　くれぐれも！」

「お貴族様ですか？　で、タクミさんの恋人ですか？」

「今、忠告したばかりだろう!?　そういう冗談を言うなよ！」

忠告したばかりだというのに、ヴィヴィアンはとんでもないことを言い出した。

「ふははは～。タクミのほうが振り回されるとは、なかなか見られない光景だな～」

まあ、アル様は気分を害していないようなので大丈夫だが、身分を明かしていたら不敬罪だよ！

「ヴィヴィアンの相手を真面目にすると疲れるんですが、変に曖昧な相槌とかで返すと、とんでもない捏造をされそうなんで……否定の時は強めがお勧めです」

ヴィヴィアンと会った後って、どっと疲れるんだよな～。

「さぁ、タクミさん！　紹介も終わったことですし、ご飯をください！」

「本当に、毎度毎度そればっかりだよな～」

僕がため息をつくと、ヴィヴィアンはうんうんと頷く。

「タクミさんの料理はどれも美味しいですからね！」

「それは同感。私もタクミの料理を食べられる機会があるなら逃したくないと思うな」

「ですよね！　いや～、アル様とわかり合えて嬉しいです！　お昼には少し早いかもしれませんが、タクミさんに料理を作ってもらいませんか？　それで、一緒に食べましょう！」

ヴィヴィアンはアル様を巻き込もうとしている。

「それは魅力的な誘いだな」

「アル様、食べ歩きに行くんじゃないんですか？」

「いや～、それは次の機会でもできるよな～……と思ってさ」

アル様が既に流されそうな雰囲気を醸し出していた。

「んじゃあ、私のおすすめの食堂に行きましょう！」

「前に僕達が行ったことのある宿のことか？」

ここ、王都ではヴィヴィアンに二回ほど会い、そのたびにご飯を要求された。その時、ヴィヴィアンに案内されて行った宿屋は、ここからは離れた場所にある。

「今回は違いますねぇ～。でも、安心してください。お昼の食堂はいつもがら～んとしていますので、きっと借りられます！」

「いやいやいや、それは逆に安心できなくないか？」

「寂れた食堂ですからね～。お客がいることのほうが珍しいんですよ」

「治安の悪いところには絶対に行かないぞ！」

アル様がいるんだし、危ないところには近づけさせるわけにはいかない。

同意見なのだろう。会話には参加しないが、ナジェーク様がしきりに頷いている。

「それなら大丈夫ですよ。この通りの脇道に入ったすぐところですからね！」

「……え？」

今いる場所は大通りではないが、かなり人通りのある道である。

その道に近い場所の店なら入客の見込みはあるはずだが……それなのに〝がらーん〟としている店？

「全然大丈夫じゃない。安心できる要素がないぞ!?」

「えぇ～、大丈夫ですよ。とりあえず、行ってみましょう！」

「わぁ！」

「あ！」

ヴィヴィアンはエレナを抱き上げると、すたすたと歩き始める。そして、それをアレンが慌てて追いかけた。

「これは……人質を取られた？」

「だな。ということは、行くしかないんじゃないのか？」

がっちり捕まえられているわけではないので、言えばエレナは脱出できるだろうが……どうしたものかな～。

疲れる人物ではあるが、ヴィヴィアンから提供される薬は貴重なものばかりだし……少し付き合って料理を提供するか。

「アル様、ナジェーク様。すみません、少しの間、別行動でも大丈夫ですか？」

「何でだ？」

「ちょっと料理を提供してきます」

僕がそう言うと、きょとんとしていたアル様は不思議そうに首を傾げた。

「私も一緒に行くぞ？」

「いやいや、ですから、怪しい店にアル様を連れて行くわけにはいかないでしょう⁉」

「私もタクミの料理が食べたいぞ。ここから近いと言っていたし、怪しいかどうかは実際に見て、ナジェークに判断してもらおう！　な、そうしよう！」

アル様がヴィヴィアンの後を追うように歩き出すので、僕とナジェーク様は慌ててその後に続く。

「あ、やっと来ましたか。ここですよ～」

「ほら、来たんだからエレナを解放して。というか、勝手に連れて行くなよ」

「は～い」

ヴィヴィアンがエレナを下ろすと、アレンがすぐにエレナに抱き着く。

「「むぅ～」」

アレンとエレナが少しばかりむくれているのか、唸（うな）りながらヴィヴィアンを見つめる。

「いや～、さすがに私も二人を一度に抱き上げる腕力はありませんからね。許してください」

「「……」」

「お土産をあげますから」

「「……」」

アレンとエレナはことごとく、ヴィヴィアンの言葉を無視する。

「ふむ。まだ足りませんか？　それでしたら……タクミさんに差し上げる料理の対価も奮発します。普段なら手に入らない薬です。お兄ちゃんのためになると思いますよぉ～。それで許してください」

「「……もうしない？」」

「しません、しません！」

「「……じゃあ、ゆるす」」

「ありがとうございます。――子供達のほうは解決したので、早速店に入りましょう！」

何が妥協点だったのかはわからないが、子供達はヴィヴィアンのことを許したようだ。

「えっと……ナジェーク様、どうですか？」

「普通ですね」

「僕にもそう見えます」

子供達のほうが解決したので改めて案内された店を見てみたが、僕もナジェーク様も同意見、見た目はごくごく普通の店だった。

「この見た目で客が入らないって、営業していないんじゃないのか？」

「いえいえ、やっていますよ。ほら、ここ見てください」

ヴィヴィアンが示したところに〝営業中〟という札がぶら下がっていた。

「よし、問題ないってことだな」

「いやいや、ちょっと！　何で先に行くんですか！」

何故かアル様が先陣を切って店に入っていくので、僕は慌てて店に入る。

「「ふつー？」」

「あ、うん、普通のお店だね」

「寂れてはいますが、わりと綺麗なお店でしょう？」

ヴィヴィアンの言う通り、店内も外装と同じように普通の店で、むしろ綺麗な部類だった。

「そうだな。だけどさ、何で客が入らないのか、ますますわからなくなったんだが？」

「問題は店主の顔ですね！　――親父(おやじ)さーん！　ちょっと場所を貸してください！」

ヴィヴィアンが店の奥に向かって叫ぶと、体格の良い壮年の男性が現れたのが――

「いらっしゃい」

「……おぉ」

「「おぉ～」」

もの凄く強面……申し訳ないが、凶悪顔と言ってもいいくらいの男性だった。

ナジェーク様なんて、咄嗟にアル様を背に庇っていたよ。

「タクミさん達は大丈夫のようですね。店に来るお客さんはみんな、親父さんの顔を見て逃げ出しちゃうんですよ～」

「……小さな子供に泣かれなかったのは初めてだ」

「親父さんは小さな子供どころか、成人前後の子にも泣かれるでしょう～」

少し前に知り合った冒険者のギゼルさんも強面だったが、それよりも酷い状況のようだ。

「客商売を選んだのがそもそもの間違いですよ～。どうして転職したんですか？」

「……うるせぇ、人付き合いをしてみたかったんだよ」

それでこれって、何だか……もの凄く不憫だ。

「えっと……店主――」

「モーリスだ」

名前を呼べってことだな？

「モーリスさん、手は空いていますか？」

「見ての通り、店は暇だな」

「じゃあ、アレン、エレナ、おじさんに遊んでもらってて」

「「ごはんはー」」

「手伝いは大丈夫だよ」

「「わかった～」」

「おじさ～ん」

「あそぼ～」

「……お、おぉ」

アレンとエレナは怖がっていなかったので、二人に頼んでモーリスさんの相手をしてもらう。僕が話し相手になってもいいのだけど、ヴィヴィアンとの取引？　があるし、今日はアル様達もいるのでちょっと厳しい。

「タクミさんったら、体よく親父さんを子供達に押しつけましたね～」

「ヴィヴィアンの相手をしなくてもいいのなら、僕もあっちに行くけど？」

「わぁ～～～、それは駄目です！　ごめんなさ～い。謝りますから料理はしてくださ～い」

ヴィヴィアンがからかい混じりで話しかけてきたので、僕は軽く反論してみる。すると、ヴィヴィアンは大袈裟なくらい狼狽えていた。

……どれだけ料理が欲しいんだよ。

「それでは、改めまして。タクミさん、対価です！」

ヴィヴィアンが情けない顔から一転、晴れやかな表情で『紅薔薇の滴』と『白薔薇の滴』を差し出してきた。

紅薔薇のほうは女性専用の媚薬、白薔薇のほうは男性専用の精力剤……だったか。

「普通は料理を見てから対価を決めるものじゃないのか？」

「私は普通じゃないんでいいんですよ！」

「……」

普通じゃないって……開き直らないでほしいな～。

「あっと、追加する約束でしたね。えっと……あとは、これでどうでしょう！」

さらに取り出したのは、初めて見るものだった。

「これは……『ツルツルピカピカくん』？」

凄いネーミングの薬だ。しかも、塗ると一定期間毛が生えてこなくなる薬らしい。

坊主頭の人には便利な薬……なのかな？

「……貴重っぽい薬なのはわかるんだけど、微妙なものを差し出してくるよな～」

「そうですか？　お手入れが楽になるって結構喜ばれますよ？」

ヴィヴィアンの顧客と僕を一緒にしないでほしいよ！

「タクミ！　私に譲ってくれ！　もちろん、料金は支払うから！」

僕としては微妙な薬だと思っていたのだが、アル様がもの凄く欲しそうに声を上げた。

「え？　アル様、坊主にするんですか？」

「しないからな!?　タクミが考えているような使い方をする人は少ないからな！　その薬はどちらかというと女性に喜ばれるものだ！」

「へぇ？」

女性？　お手入れが楽？　ああ！　腕や足とかに使うのか！

なるほど、そういう使い方なら喜ばれるか！

「譲るのはいいですけど、グレイス様にですか？　お誕生日か何かの贈りものとか……」

「そうだが、そうじゃない」

「ん？」

「ご機嫌取りが必要な時に渡すものだ。譲ってくれたとしても、私が持っていることは黙っていてくれ」

あ～、なるほど。秘蔵しておいて、ここぞという時に渡すってことだな。

「黙っているのはいいですけど、バレない保証はできませんよ？　僕、よく心情が読まれたりしますからね」

「……ああ、うん、そうだな。とりあえず、自分から言わなければいいさ」

ヴィヴィアンから対価として『ツルツルピカピカくん』を手に入れたら、そのままアル様へ売ることが確定した。

「じゃあ、料理だな。えっと、何が食べたい？」

「新しいものがあったらそれで！　あとは、甘いものも欲しいです！」

「ヴィヴィアンに食べさせてない料理か～」

「私も食べたことないのが食べたいな！」

「アル様もですか？」

ヴィヴィアンが食べたことがないものならそこそこあると思うけど、アル様も食べていない料理となると……何だろう？　それに、あまり時間をかけるのもなので、《無限収納(インベントリ)》にある料理か、簡単に作れるものがいいな。

「ん～、アル様が何を食べて、何を食べていないかわからないんですよね～」

「まあ、それはそうだろうな。私はタクミの料理が食べられれば満足だから、何でも構わないぞ。あ、言い忘れていたが、私もしっかりと料金は支払うから安心してくれ」

「それは逆に安心できないんで、この後の散策中にでもアレンとエレナに間食を買ってあげてください」

買い食いすると張り切っていたので、屋台なんかを見たらきっと食べたくなるだろうしな。

ここで食べた後すぐは無理だと思うが、少し時間が経ったおやつの時間にアル様にご馳走してもらおう。

「それなら任せてくれ。だが、それでは足りないだろう」

「いいんですよ」

「それでは駄目だ。仕方がない。金銭以外のものを何か考えておく」

「えぇ～、本当にいいのにな～」

「駄目だ」

「……」

アル様も意外と言い出したら意見を曲げてくれないので、僕は黙って《無限収納(インベントリ)》から食材や道具を取り出す。

動き出した僕に、ヴィヴィアンはわくわくした様子で尋ねてくる。

「何を作ってくれるんですか？」

「お好み焼きと焼きうどんかな」

簡単だし、厨房に移動しなくても作れるものにした。うどんも子供達が頑張って踏(ふ)んで作っておいたものがあるしな。

「おぉ～、両方知らない料理です！」

目の前でとりあえず材料を用意し始めると、ヴィヴィアンもアル様も興味深そうに作業を見つめてくる。

「「いいにおい～」」

「すぐできるからな」

「「たのしみ～」」

ホットプレートでお好み焼きの小さいのを四つ、コンロで焼きうどんを作り始めると、匂いに誘われてモーリスさんと話していた子供達も戻ってくる。

「「こっち、くるってする？」」

「うん、そろそろだな。できるかい？」

「「やる～」」

アレンとエレナはお好み焼きをひっくり返すのに挑戦する。小さめに焼いているので、たぶん大丈夫だろう。

「「せーの！　――ほいっ！」」

二人は掛け声をつけて同時にひっくり返す。

「「できたー！」」

「おぉ、上手にいったな～。その調子でもう一回！」

ホットプレートでは四つのお好み焼きを焼いているので、もう一度子供達にひっくり返してもらおうと思ったが、そこでヴィヴィアンが割り込んできた。

「私もやりたいですぅ～」

「「できるー？」」

「子供達ができるんですから、私だってできるはずです！　――てやっ！」

「「……あぁ～」」

「……くっ。無念」

意気揚々とヴィヴィアンが挑戦してみたが、見事に失敗した。

「まあ、味は一緒だ」

失敗したと言っても、何箇所かが千切れたようになっただけで、ぐちゃぐちゃになったわけじゃない。ある程度形を整えて裏面を焼いたら問題なく食べられる。

「タクミさん、タクミさん、そろそろじゃないですか？」

「うん、良さそうだな」

焼き上がったお好み焼きを皿に取り、ソースなどは子供達にお願いする。

お好み焼きを仕上げている間に焼きうどんも完成させておいた。

「うわぁ～、美味しそうですぅ～。あ、崩れたのは私が食べます。それでは早速、いただきまーす！　――美味っ！」

それぞれの前に料理を盛った皿を並べると、ヴィヴィアンはもの凄い早さで食べ始めてしまう。

「あれは悪い見本だからな。アレンとエレナはゆっくり食べるんだよ」

「「はーい。いただきま～す」」

毎回のことだが、ヴィヴィアンは良い反面教師だな。

もう何度かお好み焼きを焼いて、ヴィヴィアンが満足するまで食べさせ続けた。かなりの量を食べたんじゃないか？

「ふはぁ～。満足しました～」

「アル様達は足りましたか？」

「ああ、もう満腹だよ」

「タクミ殿、大変美味しかったです」

アル様とナジェーク様も満足してくれたようだ。

「そういえば、聞きそびれていたが、最初に渡されていた薬はどういうものだったんだ？」

「ああ、こっちはですね！『紅薔薇の滴』と『白薔薇の滴』です！私の自信作ですよ！」

アル様は僕に何の薬かを尋ねてきたのだが、何故かヴィヴィアンが意気揚々と答えた。

「何っ!?『薔薇の滴』だって？しかも、製作者！ということはヴァンパイア!?」

アル様は驚きのあまり立ち上がって、僕とヴィヴィアンの顔を交互に見ながら狼狽えていた。

まあ、王族でも魔族に会うことなど滅多にないんだろうな～。

「はっ！じゃ、じゃあ、タクミが叔父上に提供した『青薔薇の滴』も！」

「そうです。ヴィヴィアンから貰ったものですね。――なぁ、ヴィヴィアン、『青薔薇の滴』はないのか？」

「青ですか？　タクミさん、そんなにたくさんの子供が欲しいんですか？」

「僕は必要としていない！」

断じてな！　というか、話の流れからして察してくれ！

「青薔薇なら貴族に喜ばれる場合もあるんだよ」

「ああ、お貴族様は後継者問題がありますからね～。でも、残念ながら、青に使う材料の一つを切らしてしまっていて、作れないんですよね～。なかなか手に入らないものですし、しばらくは無理です」

そうか。それは残念だ。『青薔薇の滴』なら王家で喜んで買い取ってくれそうなんだけどな～。

でも、もしかしたら僕が持っている素材で使えるものがあったりしないかな？

「手に入らない材料って何なんだ？　あ、ヴァンパイアしか作れない薬だし、秘匿されているか？」

「作り方はさすがに教えてあげられませんけど、材料までは秘密にしていませんよ～。足りないものは、クリスタルエルクの角ですね～」

「「……」」

ヴィヴィアンの回答を聞いて、僕とアル様は無言で顔を見合わせてしまった。

クリスタルエルクの角といえば、つい先日、僕達は大量に手に入れたばかりだ。

身体欠損用のポーションに使われるのは知っているが、『青薔薇の滴』にも使われていたのか～。

知らなかったな。

「ちなみに、二十センチくらいの角が一本あったらどのくらいの薬が作れるんだ？」

「粉にして、ティースプーンひと匙（さじ）あれば十個くらいはできますかね～？　ですから、その大きさの角が一本あれば、かなりの数が作れますよぉ～」

「よし、ヴィヴィアン、受け取れ！」

僕は《無限収納（インベントリ）》からクリスタルエルクの角を一本取り出す。

「わぁ～お！　タクミさん、これはどうしたんですか？」

「貰った」

「ん？」

「クリスタルエルクから貰った」

「……私、大抵のことでは驚かないんですけど、タクミさんってば私でも驚くことをやっていますね～」

不本意ながら、いつも僕が驚かされているヴィヴィアンを驚かすことができたようだ。

ちなみにモーリスさんは、目の前で繰り広げられている光景に、驚き固まっている。うん、あとで口止めしとかないと。

「それでヴィヴィアン、『青薔薇の滴』の製作依頼は受けてくれるのか？」

「材料まで用意されちゃったのなら引き受けないわけにはいきませんね～。いいでしょう。受けましょう！　いくついりますか？」

「お、いいのか！」

ヴィヴィアンが苦笑しながら製作を引き受けてくれた。

「僕は二、三個欲しいかな。――アル様、王家用にいくつ欲しいですか？　あと、オークションには何個出します？」

「ん？」

急に話を振られて、アル様は不思議そうにしている。

「いざという時のために、お城に在庫があったほうがいいですよね？」

「……ああ、そういうことか。確かに宝物庫に一つくらいは欲しいな」

「それと、今度のオークションの出品は……喜ばれると思うが、荒れるぞ～」

「オークションにどうですか？　目玉になりそうですよね？」

「荒れますか？　じゃあ、止めておいたほうがいいですね」

僕が意見を撤回すると、アル様は悩まし気な表情になる。

「悩ましいところだよな～。それだけ欲しい者がいるってことだからな」

「まあ、オークションに出すかどうかは持ち帰って検討してください」

オークションに出品するなら一個か二個だしな。後で決めても問題ないだろう。

「ヴィヴィアン、いくつまでなら作ってくれる？」

「タクミさんが材料をいっぱい提供してくれたので、いくつでも用意できますよ～。とりあえず、十個くらいならすぐに作って渡しますよ。それでどうです？」

「それでいいよ！　対価は……持ち帰り用のご飯でいいか？」

「いいですね！　できれば白麦と白麦に合う料理がいいです！　いや、でもちょっと待ってください。必要な分以外の角を私が貰うのだったら、私のほうが支払う必要がありますね～」

「あ～……」

普通の買いものと違って、頼んだものと対価のすり合わせが本当に面倒だ。

「おくすりいろいろ」

「おくすりいっぱい」

「「ちょうだい！」」

どうしたものかと悩んでいると、アレンとエレナがヴィヴィアンに向かって両手を差し出した。

「薬をいろいろ、いっぱい……ですか？」

「「うん！　ちょうだい！」」

対価に薬を要求していた。

「「あのね、あのね」」

「このまえ、ほんでべんきょうしたの！」

「それでね、もってないおくすりいっぱいあったの！」

「あ～……」

ちょっと前に本屋で病気に関する本を買い、子供達と一緒に読んだ。その時に「この薬は持っているな～」とか「この薬は持ってないな～」と話したからだな。

でも、いろいろな薬が手に入るのは、悪くない案だ。中には時間と共に劣化する薬もあるだろうが、《無限収納(インベントリ)》に入れておけば問題ないしな。

「普通の風邪薬(かぜぐすり)など一般薬からヴァンパイア特製の魔法薬まで、ありとあらゆる薬が欲しい。そういうことですか？」

「「そう！」」

子供達とヴィヴィアンの間で話がどんどん進んでいく。

まあ、いろんな薬が手に入るのは悪いことではないので、どんな決着になるのか僕は黙って見守ることにした。

「そういうことでしたら、私がどこかに行った際に、その土地特有の薬を手に入れてくるというのはいかがでしょう？」

「「おぉ～、いいね～」」

確かに、地域によって売っている薬は違うだろう。目が痛いほどにカラフルな『色彩(しきさい)の迷宮』の近くの街では、目に関する薬が多かった……みたいにさ。

「ヴィヴィアンにしては、良い案を出したな」

「それほどでもないですけど、そういうわけで、タクミさん！　各地を旅するために食事をください！」

「なんでそうなる！」

「必要経費です！　というか、私が食べたいだけです！」

「……」

やはりヴィヴィアンと話すと、疲れるんだよな～。

「うぅ～、お持ち帰りのご飯～～～」

「わかったよ。用意するよ」

「ありがとうございます！　とりあえず、渡せる薬は渡しますので！」

薬と交換で炊いた大量のご飯とカレーやフライ系、ハンバーグなど作り置きのあるおかずを渡した。

「三日後くらいには届けられると思いますので！」

「わかった。よろしくな」

『青薔薇の滴』はできあがったらルーウェン家に届けてもらうことにして、ヴィヴィアンとは食堂で別れた。

そして、始めたばかりで中断していたアル様との街散策を再開させることにする。

「アル様、すみません。だいぶ時間を使ってしまいましたね」

「いいや、問題ないぞ。美味しいものが食べられたし、面白いものが見られたからな。なかなか楽しい時間だった。それに、街散策なら今からでもそれなりに楽しめるさ」

「「アルさま〜、あっちにいこう？」」

「いいぞ。あっちだな」

再開した途端、アレンとエレナがアル様を連れ回すようにあちこちと行き、僕達は日が暮れる直前までいろいろと見て歩いたのだった。

第五章　迷宮へ行こう。雪編

「アレン、エレナ、二つ聞きたいことがあるんだけど」

「「なーに？」」

「もうすぐ二人の誕生日だね」

「「ななさい！」」

「そうだね。それでね、またみんなでお祝いしてくれるって言うんだけど、その時に二人は何が食べたい？　それが一つ目に聞きたいことね」

そう、もうすぐアレンとエレナが七歳の誕生日を迎えるのだ。

誕生日パーティを開く予定だが、さすがに今回はサプライズではない。なので、パーティに出す料理の相談をする。やはり二人が食べたいものがいいからな。

「もう一つは、お祝いに欲しいものはあるかい？」

あとは誕生日プレゼントだ。僕は僕で考えてはいるが、一応欲しいものがないか尋ねておく。

「「ん～……」」

僕の問いに、二人は首を傾げながら真剣に悩みだした。

「「……」」

「い、いや、そんなに真剣に考えなくても、気軽にいろいろ言ってもいいんだよ？」

「「ん～～～」」

アレンとエレナから返答はなく、まだ悩み続けていた。

「「あっ！」」

「何か思いついた？」

「「うん！」」

しばらく悩み続けていた子供達が〝良いものを閃いた〟とばかりの表情をしたので、僕は早速それを聞いてみた。

「食べたいもの？　欲しいもの？」

「「ほしいもの！」」

どうやら欲しいもののほうが思いついたようだ。

「「あのね、あのね！」」

「アレンね」

「エレナね」

「「めいきゅうがほしいの！」」

僕は二人の答えを聞いて愕然とした。

「め、迷宮……？」

「「そう！　めいきゅう！」」

「欲しいもの？」

「「ほしいもの！」」

想定外過ぎるものである。

さすがに僕では迷宮をプレゼントすることはできないわ～。

「め、迷宮は個人で所有するのはちょっと無理かな～……」

「「だめ～？」」

「……そうだね」

再度尋ねてくるアレンとエレナにどうやって駄目だということをわかってもらおうかと、僕が悩んでいると――

「「そっか～」」

当の子供達のほうは、あっけらかんとした様子で納得していた。

「え……もしかして、駄目だっていうのがわかっていた？」

「「なんとなく？」」

「……そ、そう」

説明するまでもなく、二人ともわかっていた。ものわかりが良い子供達で大変助かります。

「めいきゅう」

「いきたい」

「迷宮は今度行く約束をしているだろう？」

「「もっといっぱい！」」

「……」

迷宮の個人所有は諦めるけど、もっとたくさん迷宮に連れて行けってことかな？

子供達は遊園地や動物園に行くような感覚で言っているみたいだけど……基本、迷宮は危険な場所なんだけどな～。

「と、とりあえず、次に行く予定の迷宮をどこにしようか相談しようか」

「「うん！」」

マジックリング探しのために上級の迷宮に行く約束をしているが、どこに行くかまでは決めていない。話題に出たついでにそれを具体的に決めてしまおうと思う。

「えっと、今ギルドが把握している上級迷宮は……」

僕はギルドから貰った、既に発見されている迷宮の一覧表を取り出した。僕は転生してきた時の知識で、リストにない迷宮も知ってはいるんだけどね。

「あ、そういえば、ガディア国にある上級迷宮には行っていなかったな～」

このガディア国内で見つかっている迷宮は全部で五箇所。下級の『土の迷宮』と『雪の迷宮』。

中級の『細波の迷宮』と『巨獣の迷宮』。上級の『灼熱の迷宮』だ。

行っていない迷宮は、雪と灼熱の二箇所だな。

「そこいきたい！」

「どこどこ？」

「ほら、これだよ。この『灼熱の迷宮』ってところ」

僕は表を子供達に見せながら説明する。

「火属性の迷宮で、場所は……王都とベイリーの街の中間くらいの場所だな」

「いついく？」

「いますぐ？」

「今すぐは行けないよ～。二人の誕生日のお祝いだってあるし、年が明けたらオークションに行く予定だからな」

予定が入っているので、今すぐは無理だ。

「「オークション？　なーに？」」

「あれ、二人には言っていなかったな。競売、じゃわからないよな～。えっと……珍しいものがいっぱい出て、欲しい人はいませんか～ってみんなに聞く集まりだね。アル様と一緒に行くことになっているんだ」

「「めずらしいもの？」」

「そう。見たことがないものもあるかもしれないから、行ってみるんだ。二人は行きたくない？」

「「ううん、いきたい！」」

良かった。これでオークションに行きたくないって言われたらどうしようかと思ったよ。

「じゃあ、次に行く迷宮は『灼熱の迷宮』で決まり。で、行くのはオークションが終わったらだね」

「「わかった～」」

火の属性の迷宮は初めてだな。聞いただけで暑そうな迷宮だから、暑さ対策はしっかり準備しておかないとな～。

とはいっても、何を準備すればいいのかさっぱりだけど。とりあえず、冷たい飲みものとアイスクリームを大量に用意しておこう。

「あ、どうしよう！　ジュール達に相談しないで決めちゃったな～」

「「あっ！」」

「たぶん嫌だとは言われないだろうけど……」

僕はすぐにジュール達を呼び出して話すことにした。

《ボクはそこでもいいよ！》

《ええ、私もよ》

《ぼくも構わないです！》

《迷宮に行けるならどこでもいい！》
《わたしもいいの！》
「そっか。それなら良かった。決まっている予定が終わったら行こうか」
すると、反対する子は誰もいなかった。契約獣達も良い子ばかりである。
《あ、でも、ボクは今度、前に行った木の迷宮にもう一度行きたいな》
《『連理の迷宮』ね。私も行きたいわ》
「うん、もう一回行こうねって話したのをちゃんと覚えているよ」
ジュールとフィートが行きたい迷宮を提案してくる。
《タクミ兄、それなら『色彩の迷宮』も攻略の続きをしたいの！》
《オレもオレも！　あそこ見た目が面白かったからもう一回行きたい！》
すると、マイルとベクトルも提案してきた。
「確かに。あそこは次の階層がどうなっているのか気になる迷宮だったよな～」
「「たのしかった！」」
『連理の迷宮』に『色彩の迷宮』か～。行きたいところがいっぱいだ！
すると、アレンとエレナが首を傾げた。
「「おにぃちゃん、おにぃちゃん」」
「ん？　どうしたんだ？」

「このくにのめいきゅう」

「それでぜんぶー？」

「この国の迷宮？　ガディア国で見つかっている迷宮はもう一つあって、下級の『雪の迷宮』があるよ」

「え？」

「「そこいこー」」

予定があるので今すぐ迷宮には行けないという話をし、二人とも納得したと思ったのだが……実は納得していなかった？

「かきゅう！」

「すぐおわる！」

「んん!?」

《それいいね！　移動ならボクとフィートに任せてくれたらそんなに時間はかからないし、下級の迷宮なら攻略も簡単だ！》

「えぇ!?」

違った！　下級の迷宮なら攻略に時間が掛からないから、予定の合間に行こうってか!?　そういうことかっ!?

「アレンとエレナのたんじょうび！」

「もうちょっとさき！」

「ああ、うん……」

これは……〝数日の時間の猶予はある〟という意味かな？

「「おにぃちゃん！」」

訴えてくるような視線に、僕は駄目とは言えなかった。

だって、先ほど「「迷宮が欲しい」」っていうものに対して「駄目」と言い、それなら「「迷宮に行きたい」」という希望を聞いたばかりだったし……とてもじゃないけど「駄目」とは言いづらいじゃないか！

「「ついたー！」」

僕達は今、『雪の迷宮』の前にいた。

何故かというと、子供達の〝早速、迷宮へ行こう〟と言わんばかりの催促の視線に僕が負けたからである。

「「はやかったね！」」

《ふふん！　でしょう。ボクも日々、成長しているんだよ！》

《ふふっ、喜んでもらえて嬉しいわ～》

『雪の迷宮』は王都の南南東。アルベールの街と、船を乗る時に話題には出たが行ったことはない港街ヨランの中間辺りにある。

移動手段にもよるが、早くても数日かかる道のりが、ジュールとフィートにかかれば一時間程度で到着だ……最近、移動の速さが増したような気がするよ。

《オレに乗ってくれたら、もっと早く着くのにぃ～》

「ほ、ほら、ベクトルは走っている最中に遭遇する魔物の相手をしてくれたほうが、僕は安心するんだけどな～」

《安心？》

「うん、安心。ベクトルが対応してくれているお陰で、魔物と対峙するためにいちいち止まったりしなくていいから、時間の節約にもなっているんだよ！」

《そっか～～～》

少し拗ね気味だったベクトルだが、褒めてあげれば尻尾をぶんぶん振り回しながら嬉しそうにして迷宮の入り口に向かった子供達の後を追いかけていった。

《兄様、誤魔化したわね》

フィートが近づいてきて、こっそりと話し掛けてくる。僕が話を逸らしたことに気がついたようだ。

実はというものの、僕はまだベクトルの背に乗って移動したことがない。

だって、ベクトルって僕達が背に乗っていたとしても暴走しそうな気がしてならないからだ。ただただ速く走るだけなら構わないのだが、魔物を見つければ絶対に向かっていくし、障害物などがあったら飛び跳ねそうである。

その点、ジュールとフィートは、僕達を乗せている時は戦闘に極力参加しないか、参加しなくてはならなければ魔法を使う。進路上に障害物があれば、華麗に避けてくれるのだ。気遣いは満点である。

そうなると、やはりジュールかフィートに頼んでしまうのが自然の流れである。

「フィート、内緒な。ベクトルには黙っていて」

《ふふっ、わかったわ》

フィートがくすくす笑いながらすり寄ってくるので、頭を撫でる。

「おにぃちゃーん！」

「はやくー！」

子供達が迷宮の入り口から催促するように叫んでくる。

《残念。もうちょっと兄様に撫でられていたかったけど、待ちきれないって呼んでいるわ》

「そうだね～。本当に迷宮が好きだよな～」

《あら、私も結構好きよ》

「え、そうなの？」
《嬉しそうな子供達がたくさん見られるもの》
「ああ、確かにそうだね」
迷宮で子供達は、それはもう生き生きと楽しんでいる。
フィートの言う通り、その姿を見ているのは微笑ましいんだけど……。
「……でも、レベル差がな～」
《レベル？　追いつかれそうなの？　兄様、どのくらいの差があるの？》
「……同レベル」
《……あら》
今のところギリギリで同レベルを維持しているのだ。本当に！　本当にギリギリで！
今回の『雪の迷宮』での行動次第では、追い抜かれることだろう。
「どこかで挽回したいとは思っているんだけど……」
《あの子達、戦闘はあまり譲ってくれないわよね～》
「そうなんだよ。でさ、譲ってくれないならこっそりレベル上げをしたいところなんだけど……」
《難しいわね。二人とも兄様にべったりだもの》
僕が思わず遠い目をすると、フィートが苦笑いする。
「レベルのことも気がかりだけどさ、客観的に見てね、子供達に戦わせて保護者の僕が静観しているって、とってもまずい光景だよな～って思うんだよね」
《兄様！　いっそのこと、開き直りましょう！　大丈夫、私達は兄様の味方よ！》
「……」
フィートが必死になって気を遣ってくれるが、〝遅い〟とばかりに子供達が迎えに来たので、僕のヘコみはそこで終わった。

「「まっしろー！」」

最初の転移装置の間を通り過ぎて一階層に入ると、そこはうっすらと雪が積もった雪原だった。

《キラキラ～。まぶしぃ～》

燦々と照る太陽の光が雪に反射して眩しく、ベクトルが目をしょぼしょぼさせていた。

「ここはまだそこまで寒くはないな」

『雪の迷宮』というくらいだから絶対に寒い迷宮だと思い、防寒装備はしっかりとしてきたが、一階層はそこまで寒さを感じなかった。

まあ、下級迷宮の一階層で極寒ってことはまずないよな～。

「動いたら少し暑くなりそうだし、マフラーだけは外しておくか？」

「「はずす～」」

アレンとエレナは素早くマフラーを外すと、自分の鞄にしまい込む。

「「しまあっ、ウサギー！」」

子供達は両手を上げながら「「しまったー」」とでも言うつもりだったようだが、言葉を途中で切ると、見つけたスノーラビットに向かって勢いよく走っていく。

そして、勢いそのままスノーラビットを蹴り飛ばしていた。

《素早い動きだったね～》

《でも、ちょっと思いっ切り過ぎたわね》

《スノーラビットが吹っ飛んじゃっていますもんね》

《あ、ドロップアイテムも飛んじゃうのか！》

《二人が慌てて拾いに行ったの！》

ドロップアイテムが出た場所は、蹴り飛ばされたスノーラビットが着地した場所……つまり少し離れた場所になってしまった。

そのため、アレンとエレナは一瞬〝しまった〟という顔をしてからドロップアイテムを拾いに行く。

「「しまったー！　あ、ちがった。たおしたー！」」

アレンとエレナがにこやかな表情で戻ってきたが、〝しまった〟はマフラーをしまった……なのか、失敗した……ということのほうなのかは不明だ。まあ、どちらでもいいけどね。

「お帰り。ちょっと失敗しちゃったかな？」

「「ちょっとね～」」

アレンとエレナは笑って誤魔化すようにしながら、ハンカチサイズの毛皮を渡してくる。

「ドロップアイテムは毛皮か。真っ白で綺麗だけど、小さいな。まあ、一階層だし、こんなものか」

「「つかえるー？」」

「飾りとかには使えるんじゃないか？　それか、数があれば縫い合わせて使うとかかな？」

あまり質が良いとは言えないものだが、何かしらには使えるだろう。

「いっぱい」

「あつめる？」

「魔物を探して歩いていたら、時間がなくなっちゃうよ？」

時間がカツカツ……というわけではないが、さすがにのんびり攻略するほどの余裕はない。

「「そうだったね～」」

「思い出してくれて良かったよ。じゃあ、早速先に進もうか。どっちに行く？」

「「あっちー！」」

「右だね。了解」

「「おにぃちゃん、はしろう！」」

「え、走るの？　そこまで急がなくて大丈夫だよ!?」

「「はしる！」」
「みんなー！」
「いくよー！」
アレンとエレナは急に、下層に向かう階段があると思われる方に向かって走り出していった。
《え、アレン、エレナ、待ってよ～》
《わ～い》
アレンとエレナに続いてジュールとベクトルが追いかけるように駆けていく。
《兄様、行きましょうか》
「あ、うん、そうだね。僕達も行こうか」
《はいです！》
《はいなの！》
そして最後に、僕とフィート、ボルト、マイルが追いかけていく。
どうやら迷宮内マラソンが開始されたようだ。

「「ていやー！」」
《お兄ちゃん、受け取って！》
「おっと！」

「「とぉ！」」

《兄ちゃん、いくよ！》

「うわっ！」

《兄上、大丈夫です。ぼくが受け取りました～》

《ジュールはまずまずだけど、ベクトルは駄目ね》

《雑なの！》

走りながらアレンとエレナが遭遇した魔物に蹴りを繰り出し、二人に続くジュールかベクトルがドロップアイテムを拾って放るように浮かせ、そしてさらに続く僕がドロップアイテムを受け取る。そんな感じになっていた。僕が受け損なったとしてもフィートやボルトがフォローしてくれる。

前にもこんなようなことをやったな～。『鉱石の迷宮』だったかな？　あ、でも、あの時は僕が【風魔法】を使って拾ったんだっけ。

「「まだまだいくよ～」」

アレンとエレナはさらに走る速度を上げる。これではマラソンではなく、短距離走の速度だ。

《おぉ、張り切っているね～》

《オレはまだまだ行ける！》

ジュールとベクトルはわくわくした様子で子供達を追いかける。

「あぁ～、もう……」

《ふふっ、二人とも元気いっぱいね～》

《マイル、しっかり掴まっていてくださいね》

《お願いするの！》

僕、フィート、ボルト、ボルトの背に乗ったマイルも速度を上げて子供達を追いかける。

「「とりゃー！」」

《それ！》

「……おっと」

そして、再びドロップアイテムの受け取り係だ。

「「あったー！」」

そんなことを続けながら、僕達は十階層まで止まらずに走ってきた。

「アレン、エレナ、一旦止まって！」

十一階層に下りる階段を見つけたところで、僕は休憩を取らせるために子供達を呼び止めた。

「「うにゅ？」」

「休憩。おやつにしよう」

「おやつ～」

「たべる～」

止められたことを不思議そうにしていた子供達だが、おやつという言葉に晴れやかに笑う。

「何がいい？」

「「ん〜……にくまん！」」

「甘いものじゃないんだ。まあ、気温的にはぴったりだけどね。──みんなも肉まんでいいかい？」

《《《《うん！》》》》

僕達はしばらくの間、温かい肉まんとホットミルクで休憩する。

「ここは全部で十五層だから、もう三分の二か」

ここまでの十階層はどこも雪原っぽい場所だった。

迷路のような作りではなかったし、そこまで広くなかったので、あっさりと進んできた。だいたい……四時間くらいか？

……あれ？　今って時間的におやつじゃなくて、ご飯の時間でいいのか？

「次は何を食べる？」

「「カレーまんがいい！」」

《《同じく！》》

予定変更。しっかりと休ませてしっかりと食べさせよう。

《ここまで順調だよね。あと三分の一だから、今日中に攻略できそうだね〜》

食事もひと段落した時、ジュールが楽しそうに攻略具合について話し始める。

「きょうじゅう！」

「がんばる！」

「ん～、ここから多少は難度が上がるかもしれないけど……まあ、できそうだな」

《うん、できる、できる！》

「……下級だしな」

うちの子達は中級迷宮でも三、四日で攻略できるのだから、下級迷宮を一日で攻略なんて軽いものかもしれない。

《兄ちゃん、何周できる？》

「何周っ!?」

《うん！　早く攻略したいけど、早く帰るのは嫌だよ！　だから、ここを最後まで終わったら、もう一回最初から！》

「「それいい！」」

ベクトルの意見にアレンとエレナが賛同した。

まさかの周回プレイ案。

「えっと……二回ならいいかな」

《あと二回ね！》

「いや、違う！　あと一回。全部で二回にしておこう！」

「「えぇ～。あとにかい！」」

「ほ、ほら、本当に今日中に一回目の迷宮攻略ができるとは限らないだろう？　だから、あと一回にしておこうよ」
「「……」」
アレンとエレナが無言で顔を合わせて頷くと、いきなりシャキッと立ち上がる。
「「いこう！」」
《《行こう！》》
アレンとエレナが走り出すと、それにジュールとベクトルが続く。
「え、突然なんで⁉」
《あらあら、これは確実に今日中に攻略しちゃうつもりね》
《じゃあ、あと二回。全部で三回攻略する気ですね》
《タクミ兄、やる気を出させちゃったの！》
「……」
〝今日中に攻略できないかもしれない〟が、子供達のやる気を煽ってしまったのかもしれない。
「とりあえず、追いかけようか」
《《《はーい》》》
子供達の姿が見えなくなる前に、僕達は急いで後を追いかける。
……本当に今日は追いかけてばかりだ。

「「ついた！」」

そして、あっという間に最終層、しかもボス部屋の前に辿り着いた。

「……今日中に辿り着けないかもしれないなんて、杞憂だったな」

今後、言葉にしてはいけないものには充分に気をつけることにしよう。

「「いくね～」」

《《《《はーい》》》》

アレンとエレナがボス部屋の扉を開き、僕達は中に入っていく。

《何が出るかな～》

《う～ん……って、あ！　あれはスノーマンだ！　オレ！　オレがやりたい！》

ボスはスノーマン。雪玉が三つ積み上げられた雪だるまだった。

ボス戦は主張の激しかったベクトルが対峙することになり――

《ファイヤーボール》

下級魔法の【火魔法】だが高火力の一発でスノーマンを倒してしまった。それはもう、あっさりとね。

一応、ギルドカードに記載された【迷宮記録】を確認しておこう。

【迷宮記録】第四の迷宮〝土〟　十五／十五層
第十六の迷宮〝雪〟　十五／十五層
第五十三の迷宮〝細波〟　三十／三十層
第五十五の迷宮〝鉱石〟　三十／三十層
第六十五の迷宮〝巨獣〟　三十／三十層
第八十九の迷宮〝連理〟　七／五十層
第九十四の迷宮〝色彩〟　十五／五十層

結局、半日で攻略しちゃったな～。

【迷宮記録】もこれで七個目だ。増えたね～。

「もういっかい、いこう！」

そして、僕達は周回するべく、転移装置を使って一階層へと戻ることになった。

◇　◇　◇

「「よし、いこう！」」

「はい、ちょっと待った！」

一階層へと戻ると、アレンとエレナはすぐに『雪の迷宮』二周目に挑もうとする。僕はそれを阻止するために二人を脇に抱え上げた。

「「ふぇ？」」

アレンとエレナは不思議そうな声を出しながら足をパタパタさせる。

「「おにぃちゃん？」」

「二周目に行く前に決め事をしよう」

「「きめごと？」」

「そう。だって、さっきはお兄ちゃん、ただ走ってドロップアイテムを受け取っていただけなんだもん。それじゃあ、つまらない」

「「つまらない？」」

僕は正直な気持ちを子供達に伝えた。

すると、落ち着きなくジタバタしていた子供達が、少し落ち着いてきたようなので地面に下ろす。

「うん、つまらないし、面白くない」

「「……そうなの？」」

「自分のこととして考えてみな。ドロップアイテムを拾いながらただ走るだけ」

「「……やぁ～」」

「だろう？」

想像してみたのだろう。アレンとエレナはへにゃりと悲しそうな顔をする。

「だから、決め事をしよう」

「「なーに？」」

「次は走らない。みんなで交代しながら順番に魔物と対峙して、今度はだいたい一日半から二日かけて最終層まで行く。そして、この二回目が終わったら家に帰る。いい？」

「「わかった！」」

僕が決め事を口にすると、アレンとエレナは素直に頷いてくれた。

「みんなもそれでいいね？」

《《《《はーい》》》》

自分も魔物と戦えるようにし、早速二周目に突入することとした。

「おにぃちゃん」

「じゅんばんはー？」

「そうだな。アレン、エレナ、ジュール、ベクトル、フィート、ボルト、マイル、そしてお兄ちゃん。お兄ちゃんが終わったら、またアレンから。それでいい？」

「「《《《《うん！》》》》」」

順番を決めたところで、ちょうどスノーラビットが三匹、こちらに向かってきた。

「じゃあ、アレン、エレナ、ジュールだな。一人一匹ずつな」

「「《はーい》」」

僕が指示を出すと、アレンとエレナ、ジュールが嬉々として走っていく。

《次はオレの番？》

「うん、そうだよ」

《早く何か来ないかな～。オレ、強いのがいい！》

「ここは下級迷宮の一階層だから、残念ながら小物だろうね」

《残念》

ベクトルと話しているうちに、あっさりとスノーラビットを倒した子供達が戦利品を手に戻ってくる。

「「《ただいま～》」」

「お帰り。さすがにここじゃ手応えがないよな～。ゆっくり進むとは言ったけど、中層まではあまり時間は掛けないで進もうか」

「「そうする！」」

「とはいっても、さっきは全然周りを観察できなかったから、今度は少しは何が周りにあるか確認しような」

「「はーい！」」

というわけで、僕達は周りを観察しながら先に進んだ。

「あ、これ、ユキゴケだ」

すると、すぐにその成果が出た。

「「ユキゴケー？　どこどこー？」」

「ほら、この岩の周りをよく見てごらん」

「「んー？」」

アレンとエレナは岩に近づいていって、まじまじと見つめる。子供達の後からジュール達も近づいていく。

「「ゆきじゃない！」」

《《本当だー》》

そう、雪が積もって真っ白い岩のように見えたが、そうではなかった。雪ではなく真っ白い苔がびっちり生えている状態だったのだ。これは走っていたら気づかないだろう。

《兄様、これは何に使えるの？》

「フィート。ユキゴケはね、打ち身とかに効く湿布薬に使えるんだ」

《それは大事なの！》

《そうですね。湿布薬は常備していたら役に立ちそうです》

「あ〜、確かにボルトの言う通りだな」

湿布薬は僕も持っていない。

僕達は頑丈なので、どこかに腕を打ちつけて腫れるとか、足を捻挫とかしたことはない。だが、今後も絶対にないとは言い切れないので、持っておいたほうがいいだろう。

回復魔法を使うから湿布薬はいらないかもしれないけど、子供達には持たせておいてもいいし、僕達以外の同行者がいた場合、その人に使う可能性もあるからな。

「「おぉ〜、いっぱいとろう！」」

「そうだな。ここは迷宮だし、いっぱい採っちゃおう」

欲しいのは湿布薬で材料のほうではないが、せっかく目の前にあるのでユキゴケはたっぷりと採取させてもらうことにする。

「この苔は乾燥させたら駄目だから、採ったものは瓶に入れてね。あと、手袋をつけること！」

「「わかったー！」」

ユキゴケ採取が終わったら再び先に進み始めたのだが、子供達は薬草探しを思い出したかのように、念入りに周囲を観察するようになった。まあ、この迷宮の気候的に、冬に生えている薬草になるため種類や量は少ないけどな。

「こっちにあったー！」

「こっちにもあったよー！」

一直線に走り続けるのもうちの子供達らしいが、こうやって薬草採取しながら歩くほうがよりうちの子達らしいと感じる。

「よし、今日はここまでにするか」

二周目を始めたのが夕方の少し前だったため、六階層へ行く階段の場所に辿り着いたところで今日は終了だ。

僕は少し道を外れたところに移動し、持ち運び用の家を取り出した。凍死はしないと思うが、野営は遠慮したい。

「おにぃちゃ～ん」

「おなかへった～」

「今日はいっぱい動いたもんな。さて、何にするかな～」

「「おいしいの！」」

「……あ、うん、何でもいいんだな」

「「うん！」」

うちの子達は基本的に食べたいものをきっちりと言うタイプだが、たまにこうして僕に投げてくることがある。まあ、いいけどね～。

「寒いから温まるものがいいよな～……」

献立を考えていると、急激におでんが食べたくなってきた。冬の定番だしな。

「少しは待てる？　それとも簡単にできてすぐに食べられるものがいい？」

「「まったら、おいしい？」」

「美味しいのができるように頑張る」

「「じゃあ、まつー！」」

まあ《エイジング》を駆使して時間の進みを早くする予定なので、普通に作るように味を染み込ませたりする時間はそれほど掛からないだろう。というわけで、今夜はおでんに決定だ。

「さて、具材は……」

タマゴ、ダイコン、出汁でも使うが、昆布に……あれ？　意外とおでんの具材にできるものがないか？

コンニャク、しらたき、がんもはない。はんぺん、ちくわ、さつま揚げもないが……これは作れるか？　だが、今からでは手間になりそうなので、白身魚のすり身にエビ、イカ、カニの切り身を入れて、つみれ団子を数種類作るか。あ、タコはぶつ切りで入れても良さそうだな～。ニンジン、ゴボウ、タケノコなんかも入れていいかも。

……まあ、おでんっぽいものだな。

とりあえず、さくさく下拵えをして、出汁にショーユを加えたもので……コトコト煮込むのだが、ここで《エイジング》。煮込み終わったらコンロから下ろしてさらに《エイジング》。時間をかけて冷ましながら味を染み込ませるところも時間短縮だ。

「もう一度温め直して」

「できたー？」

「いいにおいー」

「もうできるよ～」

みんなで「はふはふ」言いながら食べ、残った汁にご飯を入れておじやにして最後まで食べきった。


翌日、僕達は六階層から迷宮探索を開始した。

「じゅんばんはー」

「だれからだっけー？」

《えっとね、確かベクトルで終わったんだよ》

《そうね。だから、次は私からね》

しっかりと決め事も覚えているようで、みんなで今日は誰から開始なのか確認していた。

「準備はできたー？」

「「できたー！」」

「よし。じゃあ、行こうか」

「「《《《《おー！》》》》」」

早速、六階層を進み始めた……のだが、下層に行く階段とは逆方向に進み始めた。

「「なにかないかな～？」」

薬草や珍しいものがないか探すためだ。

《やっぱり薬草は少ないよね～》

《そうね～。でも、季節柄仕方がないわ》

《ですが、売ると喜ばれるものが多いはずです》

《そうなの！　きっと高く売れるの！》

どうしても冬は薬草が少ない。さらに冒険者の活動率も下がるため、採取される薬草の量は少ない。なので、冬に薬草を売りに出すと大変喜ばれるのだ。

「いっぱいみつけて」

「いっぱいおかねもらって」

「「いっぱいおいしいものをたべる！」」

《それ賛成！》

僕の影響も強いのだろうが、子供達は順調に食いしん坊に育っているようだ。

そうして僕達は細々だが確実に薬草を採取しながら先に進み、十階層を探索している時――

「「んにゅ～？」」

「アレン、エレナ、どうした？」

「あそこー？」
「なんかあるー？」
「「かな～？」」
子供達が何かを見つけたようだ……珍しく自信なさ気ではあるが。
「ん～？」
《アレン、エレナ、どこー？》
《オレもわかんない！　どこどこー？》
アレンとエレナが示す場所がどこかわからずに僕が首を傾げていると、同じくジュールとベクトルも首を傾げていた。
《アレンちゃん、あそこの茂みの辺りかしら？》
「もっとあっちー」
《エレナ、木の密集している辺りなの？》
「もうちょっとあっちー」
フィートとマイルが子供達に質問して場所を特定しようとする。
《兄上、ちょっと見てきますね》
そして、ボルトが偵察するために颯爽と飛んでいった。
「とりあえず、僕達もあっちに行ってみようか」

危険な感じはしないので、僕達も子供達が気になった方向へ歩いていく。
《兄上ー！》
すると、すぐにボルトが戻ってきた。
「お帰り。何かあったかい？」
《先ほどの場所からは陰になっていて見えませんでしたが、白い木の実のようなものが生っていました》
「木の実？　へぇ～、それは気になるね。行ってみようか」
というわけで、僕達はボルトが見つけたという木の実がある場所へと向かった。
「「あったー！」」
《あ、本当だ。雪に紛れてあるね！》
《おぉ～、四角だ！》
「……」
雪の積もる木の枝に雪に紛れるようにぶら下がっている白い四角いもの。まあ、木に生っているのだから、木の実で間違いないのだが……本当に木の実なのだろうか？
「ボルト、とりあえず、一つ落としてくれるかい？」
《わかりましたー！》
僕はボルトに頼んで木の実を一つ手に取ってみる。

「おっ、意外と柔らかいな～」

木の実は手のひらサイズの立方体で、感触はかなり柔らかい。

「『たべられるー？』」

「えっと……大丈夫だな。食べられるよ。『キヌの実』だって」

【鑑定】してみると、『キヌの実』という名前と、食べられるということだけはわかったが、それ以外の情報がなかった。

「『たべよう！』」

「そうだね。食べてみれば一番早いか」

味の想像が全然できないので、とりあえず味見してみることにし、僕は実の上面部分の皮を削ぐように剥く。

「『まっしろ～』」

「そうだね……境目もわからないや」

皮を取ってみると、中身も白かった。

プリンのように柔らかいので、切り分けるのではなくスプーンですくってみんなに取り分ける。

そして、同時に食べてみる。

「『《《《《《……ん～？》》》》》』」

「…………これって」

子供達は全員首を傾げていたが、僕は食べたことのある食感だった。
「豆腐だ！」
キヌの実は、絹豆腐っぽいものだったのだ！
「「とーふ？」」
《お兄ちゃん、とーふって何？》
《兄ちゃん、これ全然味がしないよー？》
「本来は豆から作る食品だけど、これがそれにそっくりなんだよ」
大豆の風味はあまり感じられないが、そもそも大豆から作られたわけではないので当たり前のことだ。しかし、それでも問題ない！
これで冷奴が食べられる！　あとは鍋やミソ汁にも使えるな！　あ、麻婆豆腐とかも作れるんじゃないか！
《兄様、とても嬉しそうね～》
《何だかわくわくしている感じです》
《よくわからないけど、良かったの！》
「……」
少しばかりはしゃいでいたら、フィート、ボルト、マイルから温かい視線が送られてくる。
「あー、これ、料理に使うと美味しくなるんだ。みんな、採るのを手伝ってくれる？」

少々恥ずかしくなってしまった僕は、誤魔化すように採取を始めることにした。
「「おいしくなるのー？」」
「キヌの実はね、ミソ汁の具として代表的なものなんだ」
「「そうなの？」」
《果実っぽいから甘いのを想像したけど。そっか、料理に使うのか～》
《料理にしたら美味しくなるの？　それならオレも食べてみたい！》
「「うん、たべたい！」」
《よし、いっぱい採ろう！》
「「《おー！》」」
まずはアレンとエレナ、ジュールとベクトルが、キヌの実が生る木に向かって駆けていく。
《木の実を採るのは、私達のほうが役に立つわ》
《そうです。ぼくも頑張ります！》
《いっぱい集めるの！　タクミ兄、ご飯楽しみにしているの！》
フィートとボルト、マイルもキヌの実を集めるために四方に散っていく。
みんなが期待しているので、今日のお昼ご飯は気合を入れて豆腐料理を作らないといけないな～。
「さて、僕も集めるか～」
それに、今見つけたものは〝キヌの実〟だけど、いつも似たような食材があるから、この迷宮のどこかに〝モメンの実〟とかもあったりするのだろうか？　この階層になくても、次の階層にある可能性もあるな。これは念入りに探す必要がありそうだ。

「じゃあ、お昼ご飯にするか～」

「「ごはーん♪」」

キヌの実をたっぷりと集めたところでちょうど良い時間になったので、お昼ご飯にすることにした。もちろん、メニューは豆腐尽くしだ。

「さて、作るか！」

麻婆豆腐は辛くて子供達は食べられないと思うので、ひき肉とキヌの実、エナ草でとろみのある炒めもの風にして……揚げ出し豆腐も作ろうかな。これは大根おろしでさっぱり系だな。あとはミソ汁も作って、具はもちろん、キヌの実。ワカメと葱も入れよう。あ、生野菜に角切りにしたキヌの実にゴマドレッシングでサラダもいいな。

というわけで、さくさく作っていく。

「さあ、できた！　食べようか」

「「わ～い」」

「「《《《《いただきまーす》》》》」」

早速みんなで食べ始める。

「どうだい？」

「アレン、これすき～」
「エレナもすき～」
《お兄ちゃん、美味しいよ！》
《キヌの実は淡白な味だと思ったけれど、淡白だからこそこういう料理になるのね～。兄様、凄いわ》
《兄上、どの料理も美味しいです》
《美味しいの！　いっぱい食べられるの！》
《オレも美味しいとは思うけど、ちょっと物足りない。お肉がもっと欲しい》
概ね、好評のようだ。ベクトルの物足りないという意見は……ちょっとわかる。今は昼ご飯なのでまだいいが、晩ご飯だったら僕も物足りないと思ったことだろう。
「……ベクトル、晩ご飯はお肉にしような」
《おぉ！　兄ちゃん、ありがとう！》
食事と休憩が終わると、僕達はすぐに十一階層へ向かった。
「「なにかないかな～？」」
薬草はもちろんだが、今まで見たことのない食材も見つかることがわかったため、子供達は念入りに周囲を探す。
「「あっ！」」

「どうした？」

「「あれー！」」

「ん？」

「「あそこー」」

「んん？」

アレンとエレナが何かを見つけたようで指を差すが、まだ僕には何も見えなかった。

《ん～？　ボクにもわからないや》

《オレもー。またキヌの実でも見つけたー？》

「「ちがーう」」

ジュール達にもわからないらしい。そして、キヌの実でもないようだ。

アレンとエレナが小走りで、見つけたものの場所へ向かう。

「あっ！」

子供達が寄って行って、僕もやっと二人が見つけたものがわかった。

「うわ～、白い宝箱って」

雪に紛れるように、真っ白な宝箱が無造作（むぞうさ）に置かれていたのだ。

「よく見つけたな～」

「「あけていい？」」

「ん～……うん、大丈夫。いいよ」

「「なにかな～♪」」

罠の類はないようなので、子供達が宝箱を開ける。

「「……ゆき？」」

宝箱の内張りは白ではなく普通の木の色だったが、中に入っているものが真っ白だった。

「いや、これは綿だな」

「「わたー？」」

「うん、クッションとかぬいぐるみの中に入れるものだね」

「「おぉ～、ふわふわだ！」」

アレンとエレナは宝箱の中にずぼっと手を入れ、綿の感触を楽しむ。

《ボクのほうがふわふわだよ！》

嬉しそうにする子供達に、ジュールが自分の毛のほうが良い感触だと主張していた。

《私はふわふわとは勝負できないわ～。艶々なら勝つと思うんだけど……》

珍しくフィートまで対抗しようとしている。

「ジュールもふわふわ～」

「フィートはつやつや～」

《だよね、だよね！》

《ふふっ、良かったわ～》
綿を触るのを止めた子供達は、アレンはジュールに、エレナはフィートに抱き着いた。
ジュールとフィートは子供達に抱き着かれたことによってご機嫌だ。
《オレは、オレは⁉》
「「ベクトルは、ちょっとごわごわ～」」
《うえっ⁉　ちゃんとシャンプーしたよ！　まだごわごわなのぉ⁉》
しかし、最後に参戦したベクトルには手厳しい評価が下る。
まあ、ベクトルの剛毛はちょっとシャンプーしたくらいではふわふわにはならなかったからな～。
「ベクトル、毛質はどうにもならないから諦めよう」
「「うん、あきらめよう！」」
《兄ちゃん⁉　アレンとエレナまで⁉》
「「さあ、どんどんいこう！」」
《えぇ⁉》
ショックを受けているベクトルをそのままに、アレンとエレナが急に先に進もうと歩き始める。
《兄上、綿の回収がまだですよ～》
「あ、うん。ありがとう」
ボルトに言われ、僕は慌てて綿を回収すると、子供達を追いかけた。しかし、その途中で少しお

かしいことに気がついた。

《わ～、置いて行かないでぇ～～～》

「「ふふっ」」

慌てふためくベクトルを見て、アレンとエレナが笑っていたのだ。

どうやら二人はベクトルをからかっているようだ。

《あっ！　アレンとエレナ！　笑ってる！　もしかして、わざと!?》

「ベクトルがあわてると、おもしろいの」

「うん、おもしろいの！」

最近、からかわれ担当は、ベクトルに固定されつつある。

《二人とも酷いよぉ～》

「「ごめん、ごめん」」

《もぉ～、本当に止めてよね～》

……謝り方が軽い。まあ、ベクトルは気にしていないようだから注意する必要はないかな？

「えっと、先に進んでもいいのかな？」

「「うん、だいじょうぶ！」」

《うん、どんどん行こう！》

ベクトルの毛についても強制終了でいいようなので、僕達は先に進むことにした。

しかし、宝箱を見つけて以来、何も収穫がないままこの階層を歩き続けていると、アレンとエレナの表情が徐々に暗くなっていった。

「「うにゅ～……」」

「アレン、エレナ、そんなに落ち込まないの」

「「だって～」」

「なんにも～」

「ないんだも～ん」

両手の人差し指の先を合わせ、くるくると回し始めた。

これは……いじけているのかな？

「この階層はそういう階層なんだって。もう次の階層に行こうか」

「「は～い」」

子供達の気分が落ちきってしまう前に、僕達は十一階層の探索を打ち切り、十二階層に移動した。

《あっ！　お兄ちゃん、あそこにキヌの実があるよ～》

「本当？　十階層で結構採ったけど、見つけたのなら採取しておこうか」

《そうだね！　いっぱい採っておこう！》

ジュールが十二階層を探索し始めてすぐに、キヌの実を見つけてくれた。自分達が食べる分については充分に確保しているが、ルーウェン家の人達に食べてもらったり、オズワルドさんにあげたりしてもいいので採取することにする。

「「あれ～？」」

採取するためにキヌの実の木に近づいていくと、アレンとエレナが不思議そうな声を出しながら首を傾げる。

「どうかしたかい？」

「「ちょっとちがーう？」」

「……ん？　確かに皮の色がキヌの実よりちょっとだけクリーム色っぽいな～。――おぉ？」

僕はすぐに【鑑定】してみた。

すると、キヌの実だと思っていたものが、違うものだということがわかった。

「『モメンの実』だ！」

本当にあったよ！　モメンの実が!!

「「モメンのみー？」」

「キヌの実の仲間だよ。舌触りがちょっと違う……はず」

僕の知っている木綿（もめん）豆腐と同じであれば……だけどね。

「とりあえず、あるだけ採ろう！」

「「わかった～」」

もちろん、あるだけのモメンの実を採取し尽くす。

「触った感じは、キヌの実より硬いかな？」
《兄様、味見をしてみれば違いがわかるのではない？》
「それもそうだね。食べてみようか」
キヌの実と同じように皮の上面を剥いで味見をしてみる。
「「あじしなーい」」
《そうだね。キヌの実と似ているかな》
《でも、兄様の言った通り、ちょっとだけ舌触りが違うわね》
《そうですね。ちょっとザラザラした感じがします》
《オレ、好きじゃなーい》
《タクミ兄が料理にしたら美味しくなるの！》
「果実感覚で食べるから微妙な気持ちになるんだろうな～」
見た目が果実っぽいので、どうしても甘いものを想像してしまうんだろう。
「「ぜんぶとったよ～」」
「ありがとう。じゃあ、次に行こうか」
「「おー！」」
モメンの実をたっぷり採取した後も、探索を続けつついろいろと採取した僕達は、晩ご飯前には
ボス部屋に到着した。

「「ボスいくー？」」

「いや、今日はここまでにしよう」

「「おわりー」」

「明日の朝、ボスを倒して、それから街に戻ろう」

一旦、ボス戦前に休憩を取ることにする。

「というわけで、ご飯の準備をするか～」

「「モメンのみー？」」

「いや、モメンの実の料理は今度にしよう。晩ご飯は約束通りお肉ね」

《やったー！　肉ー!!》

さすがに連続で豆腐料理はなし。それにベクトルと約束したので、今夜は肉料理だ。

《オレ、焼肉がいいー！》

「焼肉？　みんなもそれでいい？」

「「《《《《いいよー》》》》」」

反対意見はなかったので、夜は焼肉パーティでたらふくお腹を満たした。

そして、ぐっすり眠った僕達は、翌朝一番にボスに挑む。

「順番でいけば、次はボルトだったな？　全員で戦うような相手じゃないし、ボルトだけで大丈夫かな？」

《ぼくだけで相手するのは問題ないと思いますけど……ボス戦ですよ？　いいんですか？》

「スノーマン一匹だし、僕達なら誰が相手しても戦力過剰だろう。だから、最初に決めた通りの順番にしておこう。――アレン、エレナ、それでいいよな？」

「うん、いいよ！」

「やくそくだもんね！」

もしかしたらボスと戦いたいと言い出すかと思った子供達だが、ちゃんと決め事を守って素直に譲った。

「二人ともちゃんと決め事を守れて偉いね～。良い子！」

「「えへへ～」」

褒めれば、子供達は嬉しそうに微笑む。

兄バカと言われようが構わない！　僕の弟妹は素直で可愛い！

《じゃあ、さっくり倒してきますね！》

ボス部屋に入ってスノーマンが現れると、ボルトは空高く飛び上がった。

そして、雷を身に纏って、勢い良くスノーマンに突っ込んでいく。

すると、中央の雪玉の部分にずぼっと穴を空けて通り抜けた。

「「すご～い！」」

「おぉ～、本当にさっくりいったな～」

その一撃で、スノーマンは崩れ落ちた。

「ボルト、お疲れ様。凄かったよ」

《ありがとうございます。兄上、ドロップアイテムは、魔石と白い粉っぽいものです》

「白い粉？　えっと……これはスノーパウダーっていう化粧品につかわれる材料だな。レベッカさんとアルメリアさん、ロザリーさんへのお土産にしよう」

こうして僕達は、二日とちょっとで『雪の迷宮』を二回攻略して、王都の街へと帰ることにした。

うちの子達にとって下級迷宮は危険な場所ではなく、本当にただの遊び場だということが改めてわかった日々であった。

第六章　誕生日パーティをしよう。

今日は十二の月、四週目の水の日。アレンとエレナの誕生日だ。

予定していた通り、いろんな人を招いてパーティを開催している。

「アレン、エレナ、誕生日おめでとう」

「「「「「「おめでとう」」」」」」

「「ありがとう～。……はっ！」」

みんなから祝ってもらったアレンとエレナは、嬉しそうに笑ったかと思うと、急に何かを思い出したかのような表情になった。

そして、何故か姿勢を正し――

「ほんじつは、ぼくたちのためにおこしくださりありがとうございます」

「たいしたおもてなしはできませんが、ごゆるりとおすごしくださいませ」

招待客へ向かってしっかりとした挨拶をしてお辞儀(じぎ)したのだ。

「うわ～……これはレベッカさんの仕込みですか？」

僕は挨拶を仕込んだであろう人物、レベッカさんに向かって質問した。

「ふふっ、驚いてくれたみたいね」

僕の驚いた顔を見て、レベッカさんは〝してやったり〟という風に微笑む。

「「できたー？」」

「ええ、ちゃんとできていたわよ〜」

「「やった〜」」

アレンとエレナは、レベッカさんに自分達の挨拶がどうだった確認し、できていたと聞いて嬉しそうにする。

「「おにぃちゃん、おにぃちゃん！　どうだった？」」

そして、続いて僕に感想を求めてくる。

「とても良い挨拶だったよ。凄いね」

「「えへへ〜」」

アレンとエレナは僕に褒められてへにゃりと笑う。

二人はもう七歳で、だいぶ幼さが抜けてきたが、可愛さは健在である。

「それにしても……招待した人が全員来てくれるとは思ってなかったです」

「あら、タクミさんはそう思っていたの？　私は皆さん来てくれると思っていたわよ？」

子供達の誕生パーティはルーウェン邸の一室で開催しているのだが……何というか、参加者がもの凄く豪華だった。

ルーウェン家はマティアスさん、レベッカさん、アルメリアさん、ルカリオくん、ヴァルトさんにヴェリオさん、ロザリーさんと全員参加だ。

「アレンくん、エレナちゃん、おめでとう」

「おめでとう～」

リスナー家からもセドリックさん、テオドールくん、ラティスくん。さらにアイザックさんが参加してくれた。

「アレンとエレナ、おめでとう」

王族を招待するのはどうかと思ったのだが、招待しなかったらしなかったで後から何を言われるかわからなかったため、一応招待したら代表でアルフィード様が来てくれた。

街にお忍びで出かける時でさえ護衛はナジェーク様一人なのに、クラウディオ様、ケヴィンさん、クイーグさんまで連れて来たのは、アル様の気遣いだろう。

「可愛い衣装を着ているな～」

「「でしょう～」」

ケヴィンさんに褒められ、アレンとエレナはにっこりと笑いながらくるりと回る。

「「これね、おばあさまがつくってくれたの」」

「おばあ様？　え、レベッカ夫人のことかっ!?　タクミ、いいのか!?」

「……レベッカさん本人が子供達にそう呼ぶようにっておっしゃって……もう修正は不可能です」

子供達の「『おばあさま』」発言に、ケヴィンさんとクラウディオ様、クイーグさんが驚いていた。アル様とナジェーク様はそのことを知っていたため、驚く三人を愉快そうに見ている。

「良くしてもらっているんだな」

「それは間違いなく。もう身内のように扱ってもらっています」

そうそう、今日のアレンとエレナの装いは、レベッカさんが今日のために用意してくれたもので、ふわふわの生地で作られた赤い衣装だ。アレンはズボンタイプで、エレナはスカートタイプのケープつきのもので、襟とケープの裾、ズボン、スカートの裾に白いもこもこのファーがついている。

二人にとても似合っているのだが……僕は思わず「……サンタっぽいんだよな～」と呟いてしまった。

「サンタ？　タクミ殿、サンタとは何かな？」

「えっ？　あ、リシャール様！　今日は来ていただいてありがとうございます……えっと、サンタは僕の故郷の物語に出てくる人物のことです。今の子供達のような赤い衣装を着ているんですよ」

「へぇ、そうなのかい」

呟きをリシャール様に聞かれてしまったようで、聞き返されて少し焦ってしまった。

王弟のリシャール様とシャーロット様のフォード夫妻にも駄目もとで招待状を出してみたのだが、快く参加してくれたのだ。

僕はリシャール様の隣にいるシャーロット様に尋ねる。

「シャーロット様、今日はありがとうございます。体調のほうはいかがですか？　無理はなさらないでくださいね」

「ふふっ、タクミさん、お気遣いありがとうございます」

他にも、幽体（ゆうたい）の時に出会ったラリーさんとヘレナさんのマクファーソン老夫妻、ケルムの街で知り合った領主子息のラインハルト様、その妹のリリーカ様のスタンバール兄妹。それにロザリー様のお友達ということで最近親しくなったばかりのヴァッサー夫妻とクラーク夫妻……と、ほぼ貴族である。

「「ふふっ……」」

「アレン、エレナ、どうしたんだい？」

子供達が急に笑い出したのでどうしたのか尋ねてみると、二人は嬉しそうに微笑む。

「「たのしいねぇ～」」

「楽しい？　そっか、それは良かった」

たくさんの人とわいわい賑（にぎ）やかに過ごしていることが楽しかったようだ。

「毎年、こうやってお祝いできるといいね」

「「うん！　それでね、おにぃちゃん」」

「ん？」

「アレン、おなかへったー」

「エレナも～」

アレンとエレナのお腹から〝ぐぅ～〟という音が鳴る。

「ははは。あ、ちょうど食事が運ばれてきたね。食べに行こうか」

「「うん！」」

食事は立食式のバイキングスタイルで、提供する料理は僕が主導で考え、準備はもちろん直前まで手伝った。最後の仕上げだけはルーウェン家の料理人さん達に任せたけどね。

「「おぉ～、おいしそう～」」

子供達には事前に食べたいものを聞いていたが、結局二人から返ってきたのは「「おいしいもの！」」という答えだった。

そのため、基本は子供達が好きな料理で揃えられている。

とはいっても、子供達は何でも美味しく食べてくれるので、どんな料理でも好きな料理の括りになっている可能性もあるけどな。

「良い匂いだ。タクミ、張り切って作ったな～」

「そりゃあ、アレンとエレナの誕生日ですからね。ここで張り切らなくてどうするんですか」

「ははっ、そりゃあそうか～」

匂いに誘われたように、ヴァルトさんも早々に料理を食べに来たようだ。

「「あっ！」」

「おにぃちゃん、これなーに？」

「みたことない！　あたらしいの？」

「そうだよ。食べて感想を聞かせてね」

「「うん！」」

いろんな料理が並べられている中、子供達は目敏く食べたことのない料理に気がつく。

「新しいのか！　アレン、エレナ、まずはそれから食べるか！」

「「たべる！」」

ヴァルトさんがアレンとエレナと一緒に料理を取り分けてもらうために、給仕の使用人さんのところに突撃するように向かっていった。

「タクミ、この料理は何だ？　白いのはあっさりしているが、赤いタレとエビと一緒に食べると美味いな」

「おにぃちゃん、これおいしい！　これなーに？」

「おにぃちゃん、これもおいしい！　これはー？」

「ヴァルトさんが食べているのは、チリソースの炒めものです。白いのはキヌの実っていうもので、最近迷宮で見つけました。アレンのほうはガトーショコラ、エレナのほうはレアチーズケーキだね」

アレンとエレナ、ヴァルトさんは夢中になって次々と食べものを頬張っている。

「アレン、エレナ、もっとゆっくり食べないと体に悪いよ」

「「は～い」」

今日の料理のラインナップは、唐揚げや（からあ）エビフライ、フライドポテトといった定番パーティ料理から、エビと豆腐のチリ炒めのような新作風の料理などが提供されている。

その中でも特にデザート系は、今までは絶対に作れなかったものが作れるようになったのだが、それが何故かというと——

◆　◆　◆

誕生日パーティの数日前、僕はパーティに出すメニューを厨房の隅っこでこっそり考えていた。

もちろん、アレンとエレナはここにはいない。レベッカさんのお勉強会が行われているからだ。

さて、始めよう……そう思った時、突然——ピローン♪　という音が脳内に響いた。

あれだ。この音はシルから何かが送られた時なんかに鳴るものだ。

「シルだな」

僕はシルから食べたいもののリクエストが届いたのかと思い、ウィンドウ画面を開いて確認してみた。

すると、そこにはリクエストカードではなく、一冊の本が届いていていたのだ。

「レシピ集？　それもお菓子ばかりの……」

《無限収納(インベントリ)》から本を取り出して、パラパラと内容を確認してみると、デコレーションケーキにガトーショコラ、ロールケーキにシフォンケーキと……いろんなケーキのレシピが書かれていた。

そして、最後のページにメモが挟まれていたのだが――


――これでアレンちゃんとエレナちゃんのお祝い用のケーキを作ってあげて。

そして、私はチーズケーキが食べたいわ♪


「……」

この書き方はマリアノーラ様だな。前者が建前で、後者が本音だろう。

どうりでチーズケーキに至ってはレアチーズにベイクドチーズ、スフレチーズ、チーズタルト、ティラミスとレシピが豊富だったわけだ。

「いや、ありがたいって言えばありがたいんだけどね」

今まで僕が作ったことのあるお菓子は、使う材料や分量、手順が多少違っていても何とか形になるものばかりだったが、この本に載っていたものは違う。今までの僕のやり方では作れない代物ばかりである。

「……あれ？」

そういえば、この本って……日本語だな。完成図も写真じゃなくて絵なんだなぁ～……と思ったが、これは手書きだったりする？

え？　マリアノーラ様のお手製か⁉　まさかね。違うよね？　偶然こういう手書き風なレシピ本を手に入れ、それを僕に送ってくれただけだよね？

そんな、創造神がこのために本を作ったなんてことは……ないよな？

「……とりあえず、チーズケーキのどれかは確定だな」

パーティ用を用意しつつ、マリアノーラ様のリクエストに応えることにしよう。

「材料的には、どれを選んでも意外と問題ないんだよな～」

あれこれ考えていても仕方がないので、一旦閉じた本を適当に開いてみる。

「ガトーショコラ。じゃあ、これにしよう。チーズケーキは……レアチーズケーキにしよう」

開いたページに載っていたケーキと、チーズケーキのほうは最初に載っていたもので決め、早速練習がてら作ってみることにした。

「あ、ゼラチン……」

材料はだいたい揃っていると思ったが、レアチーズケーキのほうのゼラチンがないことに気がついた。これ……スライムゼリーで作れるだろうか？

「まあ、とりあえず作ってみるか～。分量を間違えたとしても固くなるか柔らかくなるかだしな」

というわけで、ゼラチンだけはスライムゼリーに置き換えて作ってみると……意外と良い感じに作り上げることができた。

ガトーショコラのほうも無事にできたが、両方とも納得できるまで何度か作り、パーティ用は豪勢にデコレーションをしておき、《無限収納（インベントリ）》で保管だ。

そして、それぞれひとホールずつをルーウェン家の料理人達に味見用として渡した。ああ、子供達の誕生日用だから、それまでは秘密にするように言うのは忘れない！

さらにマリアノーラ様にレアチーズケーキを送ろうかと思ったが、少し悩んで思いとどまった。

「そういえば……意外と料理系は送ったことがなかったっけ？」

いつも甘いものばかり送っていて、甘くないもので送ったのは……肉まんくらいか？　あ、ピザもあるかな？　あとは……ないよな～。

パーティ用の料理を本格的に作るのは前日や当日の予定だが、試作や作り置きをこれから作ろうと思っている。

なので、チーズケーキも今送らずに、それらの料理と一緒に送ろうと思ったのだ。

「さて、じゃあ、何が良いかな～？」

いろいろ考えを巡らせながら、迷宮に行く時用の作り置き料理を作り始める。

とりあえず、すぐに食べられるおにぎりやサンドイッチを量産していく。

「……そういえば、これでいいのか？」

おにぎりやサンドイッチだってエーテルディアにはなかったものだ。これだってシル達にとっても珍しいものになるだろう。

というわけで、送るものが決まったので、僕はウィンドウ画面を出す。

料理人達はちょうど忙しい時間帯なので、僕のほうに注目する様子はない。

またまたこっそりと魔法陣のタブを選択し、さらにそこからマリアノーラ様の魔法陣を選択してレアチーズケーキを送った。

初めてシル宛てじゃない魔法陣を使ったので、ちょっとドキドキしたよ。

続いて、シルにはガトーショコラを送る。まとめてマリアノーラ様に送るのでも良かったのだが、シルがいじけたら面倒なので、分割して送ることにしたのだ。

シルの次はサラマンティール様におにぎりの盛り合わせを、ノームードル様にサンドイッチの盛り合わせを送った。

一緒に食べるのか、別々に食べるのかは、シル達に任せることにした。

「次は……――」

何を作ろうかな～と言おうと思った瞬間――ピローン♪　という音が脳裏に四連続で響いた。

「反応が早っ！」

四回ということは、神様達四人からそれぞれ反応が返ってきたということだろう。

……いや、待てよ。もしかしたら、シルからの反応が四回……ということも考えられるのかな？

「……」

もしもそうだったらどうしよう……と思いつつ、ウィンドウ画面を表示してみる。

「えっと……アイテムが来てるな」

四回ともアイテム追加の知らせだったようで、すぐに確認してみると、四枚のメッセージカードと大量の食材であることがわかった。

メッセージカードを《無限収納》から取り出して読んでみると――

マリアノーラ様：タクミさん。ありがとう！
とても素晴らしいわ～。またお願いね♪

シルフィリール：巧さんっ!! ありがとう！
でもでも！　どうしてみんなに!?
僕にまとめて送ってくださいよぉ～～～。

サラマンティール様：タクミ、良いものをありがとうよ！
嬉しいぞ！　今度何か礼をするな！

ノームードル様：タクミさん、ありがとうございます。
毎回同じ行動で申し訳ありませんが、食材はぜひ使ってください。

――という感じだった。まあ、だいたいがお礼だな。

食材はノームードル様からのようだが、これはみんなから代表して……という感じかな？

その中でもいろいろなチーズが大量だったのは、間違いなく他のチーズケーキも作って送ってもらいたいというマリアノーラ様の思惑が関係するのだろう。まあ、自分達の分を作る時に多く作って送るのなら、問題ないので構わないけどね。

しかし……チーズケーキに使わない種類のチーズも数多くあるのは、意味があるのだろうか？

ピザも食べたいとか、そういう催促なのかな？　それともただ単に送ってくれただけかな？

深く考えても仕方がないので、僕は気を取り直して料理の試作を再開した。

◆　◆　◆

とまあ、予定外のことがあったが、そのお蔭で子供達が喜びそうなものを作れたのだ。

「アレン、エレナ。甘いものはこのケーキ以外にも作れるようになったものがあるから、それは今度食べさせてあげる」

「「ほんとう⁉」」

「本当だよ。楽しみにしてな」

「「してる！」」

せっかくレシピ本を貰ったのだし、全種類を順番に作ってみようと思っている。幸い、材料は揃っているしな。

「「おにぃちゃん、おにぃちゃん」」

「ん？　何だ？」

「アレンね、これ！　ガトーショコラ、つくりたい！」

「エレナもね、チーズケーキ、つくりたい！」

「ふふっ、そうか。じゃあ、一緒に作ろうか」

「「うん！」」

ガトーショコラもレアチーズケーキも僕が練習がてら何回か作ったので、まだ《無限収納(インベントリ)》にあるが、二人が作りたいというのなら作るしかないよね。

子供達作のものはレベッカさんとマリアノーラ様のおばあ様二人にあげることにでもしよう。きっと喜ぶだろう。もちろん、僕も子供達が作ったものを食べたいしね！

「さて、そろそろ食べるのは一旦止めて、みんなとのお話に戻ろうか」

「「わかった～」」

子供達のお腹も満たしたところで、お話というか社交を再開する。

さらっと挨拶で言葉は交わしたが、会っていなかった時の話などはしていないので、さらに親しくなれるようにするためだ。

「じゃあ、誰のところに――」

「「あ、ライライー！」」

誰から話し掛けようか悩んでいると、アレンとエレナがラインハルト――ラインを見つけ、愛称(あいしょう)を呼びながら近づいていく。

「お、アレンとエレナ、誕生日おめでとう」

「「ありがとう！　ライライ、げんきだった？」」

「元気だったぞ～。二人は元気だったか？」

「「うん、げんきだよ！」」

子供達はラインに対して何故か同年代の友達のような振る舞いをするんだよな～。不思議だ。

「ライン、今日は来てくれてありがとうな」

「タクミは何回それを言うんだよ。私は招待してもらって嬉しかったぞ。もちろん、リリーもな」

そこでふと、僕はラインの妹のリリーカ様――リリーちゃんがいないことに気づいた。

「そういえば、リリーちゃんは一緒じゃないのか？」

「リリーならあそこだ」

「ん？」

ラインが示す方向を見れば、リリーちゃんは女性陣と談笑していた。

僕達が女性陣を見ていたから、レベッカさんはこちらに気づいて子供達を呼ぶ。

「アレンちゃん、エレナちゃん、こっちにいらっしゃい」

「「はーい！」」

二人は素早くレベッカさんのもとへ小走りで行く。そして、すんなりと女性陣との会話に溶け込んでいた。

「リリーちゃんは、皆さんともともと知り合いだった感じ？」

「いや、今日初めて会う方ばかりだ。そもそもリリーは社交デビュー前だからな、親しい友人とのお茶会しか参加したことがないぞ。だから、今日はだいぶ緊張していたようだ。だが、夫人達が上手く話題を振ってくれているようだから、今は普通に楽しんでいるな」

「え？　そうだったのか？　リリーちゃんっていくつだっけ？」

「十四だ。来年が成人でデビューだな。というわけで、タクミ、来年は我が家でも祝いの催しがあるから、参加してくれ」

「それはもちろん。今から楽しみにしているよ。こっちも子供達の誕生日はよろしく」

来年の冬も王都に戻ってくるのは決定だな。

まあ、子供達の誕生日はみんなにお祝いしてもらいたいので、春になったら旅に出たとしても冬には戻ってきていることだろう。

「タクミ、友人との会話が一段落したなら、こっちに来てくれ」

「わかりました。――ラインも行こう」

「え？　い、いや、あの方達のところに私も行ってもいいのかい？」

僕を呼んだのは、アル様だった。それに近衛騎士達が集まっている。

ラインにも一緒に行こうと誘うと、その面々を見てラインは狼狽えているようだ。

「呼ばれているんだから大丈夫だろう。ほら、行こう」

「……」

僕はラインを連れてアル様のところへと向かう。

「アル様、お待たせしました。あ、ラインも一緒ですけど、いいですよね」

「もちろん、構わないぞ」

「ラインハルト・スタンバールと申します」

「私もタクミと同様にラインと呼ばせてもらおう」

「光栄です」

ラインは、それはもうガチガチだ。自国の王子が相手になると、こういう反応をする場合もあるのか……いや、本来はこれくらい偉い人なんだよな。

「それにしても……タクミに同年代の友人がいるとは……」

「え？　何ですか、それは！　アル様、失礼ですね！　僕にだって友人の一人や二人くらいいますよ！」

「例えば？」

「例えば!?　えっと……アル様？」

「それは首を傾げずに堂々と言ってくれ」

「ははは～。今度からはそうします。あとは……冒険者にちらほらいますよ」

『鋼の鷹』のエヴァンさんとスコットさん、『暁の星』のブライアンさんとは偶に手紙でやり取りをしているので、友人と言ってもいいだろう。

少し年代は上だが、『ドラゴンブレス』のルドルフさんも……と言いたいところだが、先輩って感じかな。今はどこにいるのか知らないので連絡が取れないのが残念だけどな。

「まあ、僕の友人についてはおいておいて。皆さん、食事は済まされましたか？」

「ああ、どれも美味しかったぞ。美味しくて食べ過ぎてしまった。――なぁ、ナジェーク？」

「ええ、どれも素晴らしかったです」

アル様の問いかけに、ナジェーク様も同意を示してくれる。

「それは良かったです。グレイス様達にもお土産を用意していますから、できましたら持って帰ってください」

「本当か!? それは助かる！ 実はな、母上達もここに来たがっていたが、何とか諦めさせたんだよ。土産があるなら、後からグチグチ言われる心配が減る！」

「いやいやいや！ グチグチって……それはさすがにないでしょう？」

「いや！ 絶対に言われる可能性のほうが高い！ というわけで、土産は大歓迎だ！」

そうか。グレイス様達も子供達のお祝いをしてくれようとしていたんだな。それは嬉しい。

「じゃあ、お土産は奮発しないといけませんね」

「頼む！」

アル様がかなり必死そうにしていたので、お土産は料理よりも甘いものを多めにしておくことにしよう。明確な理由はないが、たぶんそのほうが良いような気がしたのだ。

この後、アル様とはもちろん、他のお客様とも楽しく過ごし、子供達の誕生日パーティは何事もなく終了した。

パーティの翌日、僕は積み上げられた、立派に梱包(こんぽう)された箱の数々を眺めていた。

これはパーティの参加者である皆さんからいただいたアレンとエレナへの贈りものだ。

招待状には手ぶらでご参加くださいと記載しておいたのだが、やはりというか何というか……手ぶらで来るお客様はいなかったようだ。

僕も書くだけ無駄のような気がしたが、一人くらい手ぶらで来てくれても良かったのにな～。

「さて、順番に見ていくか」

……中身を見るのが怖いが、どんなものをくれたのか確認をして対応する必要があるので、見ないわけにはいかない。

「アレン、エレナ、好きなのから開けよう」

「「じゃあ、これがいい～」」

「あ、やっぱりそれにいったか～」

アレンとエレナが選んだものは、贈りものの中で一番大きなものだ。僕一人では抱え上げられないくらいの大きさだからな、やはり子供達の目を引いたのだろう。

「えっと、それは……っ⁉」

贈りものの受け取りはルーウェン家の使用人さんが請け負ってくれたのだが、誰から貰ったものなのか、メモ書きがしっかり添付されている。

そして子供達が選んだそれに付いていたメモを見て、僕は驚いた。

「ヴァルトさんとロザリーさんからだ！」

「ヴァルトにぃと」

「ロザリーねぇさま？」

しれっとヴァルトさんとロザリーさんからの贈りものが混ざっていたのだ。

「うわ～、二人もくれたんだ～」

「「あけていい？」」

「いいよ」

早速、アレンとエレナがわくわくしながら包みを開ける。

「「おぉ～～～」」

「これは凄い」

中身は巨大なクッションだった。

包みからクッションを完全に取り出すと、子供達は嬉々として飛び乗る。

「「ふかふか～」」

クッションに子供達の身体がすっぽり収まっている。

「ヴァルトさんは、子供達の好みをよくわかっているな～」

「「わかってる～」」

「ははは～、そうだな。後でちゃんとお礼を言うんだよ」

「「はーい！」」

ヴァルトさん達だけじゃなく、今回贈りものをくれた人に会った時は、必ずお礼を言うのを忘れないように気をつけよう。

「さあ、次行こう」

「「じゃあ、これー？」」

「それはリシャール様とシャーロット様からだな。えっと……洋服だな。あ、これ、乗馬服だな。靴も一緒にあるよ」

「「じょうばふく？」」

「馬に乗る時に着る服だよ」

「「おうまさん！」」

貴族の子だと、アレンとエレナくらいになると乗馬の練習を始めるのかな？

それで、そろそろ必要だろうっていうことで用意してくれたのかもな。

「おうまさん！」

「のりたい！」

だよね。そう言うと思ったよ。

「そうだな～。乗馬の練習はどういう手順でするのか、今度レベッカさんに相談しような」

「「うん！」」

馬をルーウェン家で借りられるのだろうか。それとも別のところで用意しないといけないのか……それすらもわからないので、その辺を相談しなくてはならない。

もしかしたら、もしかしたらだけど……既にレベッカさんが教育の一環として準備している可能性があるかもしれないので、確認は重要である。

「「つぎこれ～」」

「それはマティアスさんとレベッカさんからだな――えっ⁉」

次の包みを開けて、僕は思わず驚きの声を上げてしまう。

「「おぉー！」」

「何で猫耳カチューシャ⁉」

なんと、入っていたものはいろんな種類の三角猫耳が付いたカチューシャであった。

「おみみがいっぱい」

「これ、なーに？」

「あ～、それは頭に付けるやつだね」

「「こう？」」

「そうそう」

アレンが黒の猫耳、エレナが白の猫耳カチューシャを即座に装着する。

「「どう？」」

「似合うよ～」

本当に良く似合っている。

「「だね～」」

「それにしても……大量だな～」

「こっちはどう？」

「こっちはー？」

「あ、うん、それも似合うよ～」

アレンとエレナは、次々と違うカチューシャに付け替えて遊ぶ。

青や茶色の耳、三毛猫風の耳まである。あ、下のほうにはタレ耳タイプや丸耳、ウサギ耳のものまで入っていた。

「これ、良い毛を使っているな～」

しかも、どの耳も毛の触り心地が抜群に良い。
ただの遊び心というわけでなく、本気で作っている作品の数々である。

「「おにぃちゃん」」

「しっぽも～」

「あったよ～」

「……え？」

どんどん耳を付け替えて遊んでいた子供達が、箱の底から今度は尻尾を発掘した。
ベルトに尻尾が固定されているものだ。さすがにこれは細長い猫タイプと、ふさふさの狼タイプのものがそれぞれ一つずつだ。子供達の髪色に合わせてだと思うが、青色だな。

「……芸が細かいな～」

アレンとエレナは早速ベルトを装着し、耳も青色のものに交換している。
三角の青耳は二つあったようだが、よくよく見るとちょっと雰囲気が違う。正面を向いているものと、ちょっと外側を向いているものだ。

「「どう？」」

「わぁ～、まるっきり獣人だな～」

「「おぉ～」」

あっという間に、アレンが狼の獣人、エレナが猫の獣人になった。

「『おばあさまにみせてくる～』」

子供達は変身した姿をレベッカさんに見せるために、部屋を飛び出していった。

きっとレベッカさんも歓喜することだろう。

「えっと……あとは――」

一時中断したことにより、僕は残りの贈りものをぼーっと眺めていた。

残りの贈りものは、ヴェリオさんアルメリアさん夫婦、リスナー家、スタンバール家、マクファーソン家、ヴァッサー家、クラーク家、それにアル様。騎士様達は合同で用意してくれている。

まだ三つの贈りものしか開けていないというのに、何というか……もう疲れたよ。

「『ただいま～』」

「お帰り。レベッカさんは喜んでいた？」

「『うん！　にあうって！』」

「そうか、良かったな。――で、ちゃんとお礼は言った？」

「『……あっ！』」

しばらくして子供達はにこやかに戻ってきたが、レベッカさんにお礼を言うのは忘れたらしい。

僕に指摘を受けると、回れ右でまた走り去ってしまった。

「『いってきたー！』」

「そうか。他の人達にも会った時は、忘れないようにな」

「「はーい」」

僕も忘れないようにしないといけないが、子供達にもよくよく念を押しておく。

「じゃあ、再開するぞ～。次は……」

「「これ！」」

次に選んだ騎士様達一同からのものだ。中身は羽根ペンとインク、レターセットなど文房具一式だな。あと、中身が真っ白な本があったのだが……メモ紙とか、メモ帳ではなく本の形なのは、これで物語でも書けということだろうか？

「あ、そうか。これ、日記帳とかに使えるか？」

「「にっき？」」

「その日にあった思い出とか、忘れたくないことを書いておくものだよ」

その言葉に、アレンもエレナも興味を引かれたようだ。

「「おぉ～、にっきかく！」」

「じゃあ、今日から毎日、寝る前の習慣にしようか」

「「する～」」

真っ白の本は、ありがたく子供達の日記帳になることに決まった。

実用性があり、こちらが恐縮しないで済む贈りものだった。さすがは騎士様だね。

「はい、次ね」

「これと～」

「これ～」

「おいしそうなにおいがする～」

「いいにおいなの～」

「言われてみれば本当だね」

えっと……その二つはヴァッサー家とクラーク家からのものだな。

「これは……香油かな？」

いや、ボディオイルっぽいな。それぞれ香り違いで、子供達でも大丈夫そうな果実の香りのものを贈ってくれたようだ。

「こっちはオレンのにおい～」

「こっちのはレモネーだ～」

「早速、お風呂上がりに使ってみるか」

「「うん！」」

同じものでも種類が違うってことは、セレスティアさんとオルガさんがわざわざ相談して用意してくれたに違いない。

「「これはー？」」

「それはアル様からか？　何だろうね？」

アル様がくれた薄めの箱を開けると、中には立派な書類箱？　が入っていた。

「これは……アレンとエレナ宛てだね」

一番上にあったのは、子供達宛ての手紙だったのでそれを二人に渡し、僕はその下にあった紙を手に取る。

「えっと……青鹿毛（あおかげ）・雌・八カ月？　次は栗毛（くりげ）・雄・一歳？」

生きもののようだけど……何の羅列（られつ）だろうか？

「アレン、エレナ、手紙には何て書いてあった？」

「「うんとね～」」

「おうまさん」

「くれるって」

「馬!?　あ、こっちの資料は馬の種類か！」

子供達の言葉を聞いて、謎（なぞ）の羅列の正体が判明した。

「すきなのを」

「えらんでね」

「「だって～」」

「……」

まさか馬をくれる気じゃないだろうな？

あ、リシャール様が乗馬服だったってことは、もしかして共謀か!?

「あ、これはアル様の字じゃないっぽい。グレイス様かな？」

子供達から手紙を見せてもらうと、書かれている字は明らかに女性のものだった。

……ということは、王家一同の企みか？　……いや、うん、企みって言い方は失礼かもしれないな。えっと……計画？　サプライズ？　いや、やっぱり企みが一番しっくりくるな。

しかも、城への通行許可証もしっかりと三つ同封されていた。……いつでも城に来いってことかな。

「……さすがに馬は貰えないよ～」

「「もらえない？」」

「旅には連れて行けないし、だからといってずっとお留守番も可哀想だろう？　だから、貰わないで、王都にいる時に借りられるようにお願いしよう。それでいい？」

「「うん、いい」」

子供達の乗馬の練習に馬を借りる、っていう方向で交渉しようと思う。

絶対に渋ってくるような気がするが、負けられない戦いなので強気で行くしかない！

「「これはー？」」

「それはセドリックさん達からだね」

次に選んだのはリスナー家――セドリックさん達からのもので、中身は子供でも読めそうな本だった。絵本よりは難しく、大人が読むような小説よりは簡単。その間くらいの本ってあったんだな。

内容は冒険譚的なものばかりだったので、冒険の話が好きだと言っていたテオドールくんとラティスくんのおすすめかな。

「しらないほんだ！」

「おもしろそう！」

子供達は行動派であるが、本を読んだりするのも好きなので大喜びだ。

「わぁ！　これかわいい！」

マクファーソン老夫妻——ラリーさんとヘレナさんからは、パステルラビットを模した色とりどりの陶器の置物だった。

「おようふく！」

「いっぱいだ！」

ヴェリオさんとアルメリアさんからは、普段着をいくつも作ってくれたようだ。それも、ルカリオくんとお揃いらしい。

「さいごー！」

「ライライ？」

「そうだね。ラインとリリーちゃんからだね。——うわ、重っ！」

ラインとリリーちゃんから貰った箱を持ち上げてみると、思っていた以上に重量があった。

「「おもい？」」

「うん、びっくりした。中身は……ああ、これは重いはずだ」

「「おぉ～、かわいい～」」

中に入っていたものは、石細工で作られた置物だった。一つ一つの大きさは子供達の両手に載るくらいだが、それが複数あるのだから重たいよな～。

「あ、これ、ジュールだ！」

「こっちはフィートト！」

「じゃあ、こっちはベクトルとボルト、マイルだな」

ラインとリリーちゃんには直接紹介していないが、僕に契約獣がいるということは話題に出たことがある。種族も冗談っぽく伝えていたので、それを覚えていてくれたのだろう。

二人の実家があるケルムの街は鉱山の街だから、こういう石細工も得意なのかな？

「いっぱい貰ったな～」

「「どれもすごかった！」」

「そうだね。みんな、アレンとエレナのことをしっかり考えて選んでくれたみたいだ。嬉しいね」

「「うん、うれしい！」」

まあ、驚くものもあったけどね。

「じゃあ、僕からはこれな」

「「おぉ！　やったー！」」

ちなみに僕が選んだものは、悩んだ末に、簡単に組み立てられる一人用のテントや練習用の槍（やり）と弓などなど……冒険に役立つものだ。

プレゼントらしかぬものだということは重々承知しているが、子供達が喜びそうなもので無難なものにした。

「こんなものしか用意できなくてごめんな～」

「「うれしいよ！　おにぃちゃん、ありがとう！」」

あ、シル達からもプレゼントらしいものは届いていたのだが……砂糖とか果実とか、甘いものが大量だったんだよね。正直、本当にこれがプレゼントかどうかは怪しいが、タイミングからしてそうなのだろう。

他の人から貰ったプレゼントと比べると、僕も含め、身内からのものが見劣りしていると感じた。

……来年はもっとしっかりと考えようと、僕は心に誓った。

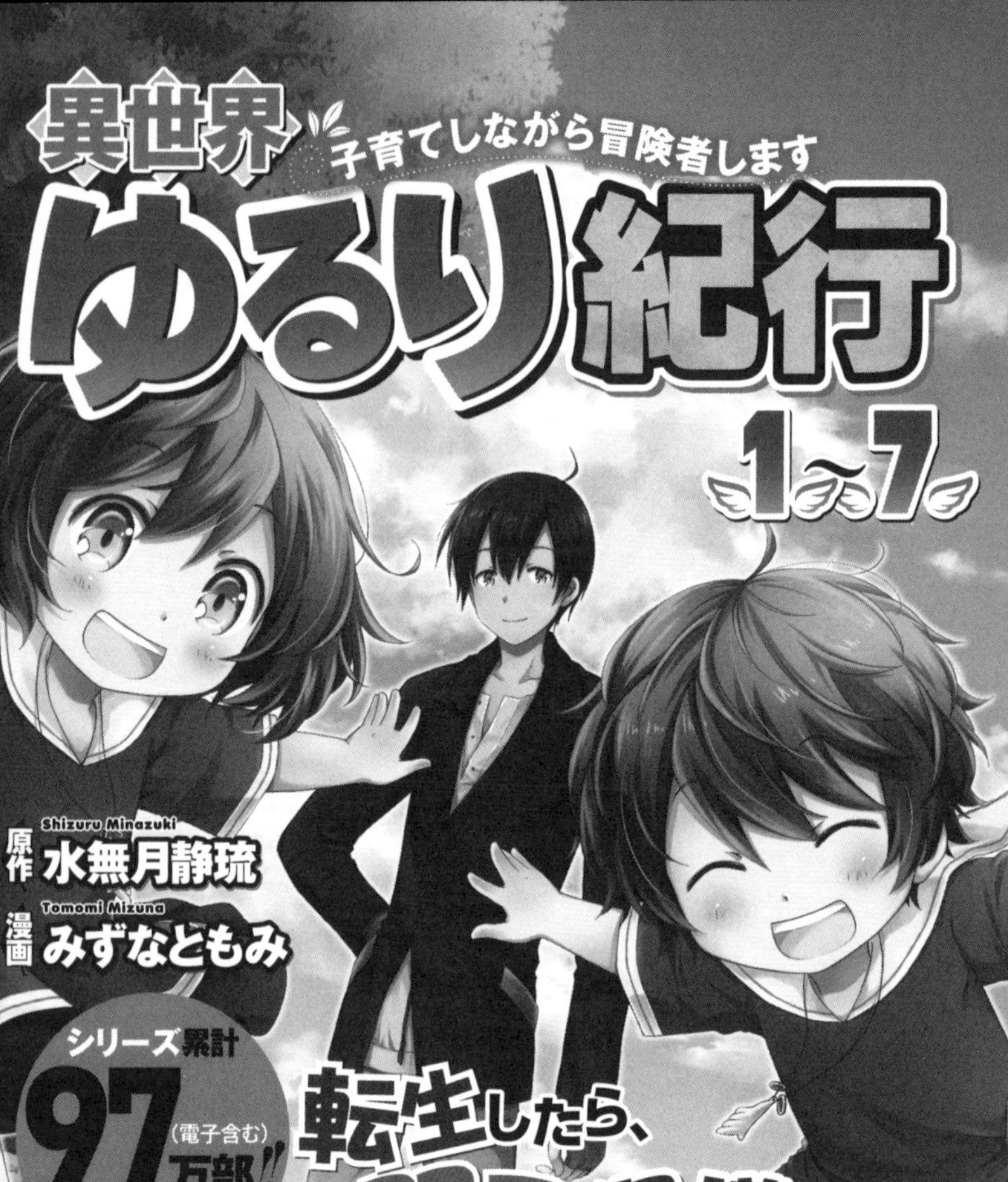

異世界の風の神・シルの手違いで命を落としたごく普通の日本人青年・茅野巧(かやのたくみ)。平謝りのシルから様々なスキルを授かったタクミは、シルが管理するファンタジー世界・エーテルディアに転生する。魔物がうごめく大森林で、タクミは幼い双子の男女を保護。アレン、エレナと名づけて育てることに……。第9回アルファポリスファンタジー小説大賞「特別賞」受賞作、子連れ冒険者と可愛い双子が繰り広げるのんびり大冒険をゆるりとコミカライズ!

◎B6判　◎各定価:748円(10%税込)

Webにて好評連載中!　アルファポリス 漫画　検索

とあるおっさんのVRMMO活動記 1～27

椎名ほわほわ
Shiina Howahowa

アルファポリス 第6回 ファンタジー小説大賞 読者賞受賞作!!

累計150万部突破の大人気作（電子含む）

ついにTVアニメ化決定!!!

コミックス 1～10巻 好評発売中!

超自由度を誇る新型VRMMO「ワンモア・フリーライフ・オンライン」の世界にログインした、フツーのゲーム好き会社員・田中大地。モンスター退治に全力で挑むもよし、気ままに冒険するもよしのその世界で彼が選んだのは、使えないと評判のスキルを究める地味プレイだった!
——冴えないおっさん、VRMMOファンタジーで今日も我が道を行く!

1～27巻 好評発売中!

各定価：1320円（10%税込） illustration：ヤマーダ

漫　画：六堂秀哉　B6判
各定価：748円（10%税込）

アルファポリスHPにて大好評連載中!

アルファポリス 漫画　検索

トカゲ（本当は神竜）を召喚した聖獣使い、竜の背中で開拓ライフ

～無能と言われ追放されたので、空の上に建国します～

著 水都 蓮
Minato Ren

祖国を追い出された聖獣使い、

巨竜の背で自由に生きる!!

竜大陸から送る、爽快天空ファンタジー！

聖獣を召喚するはずの儀式でちっちゃなトカゲを喚び出してしまった青年、レヴィン。激怒した王様に国を追放された彼がトカゲに導かれ出会ったのは、大陸を背負う超でっかい竜だった!? どうやらこのトカゲの正体は真っ白な神竜で、竜の背の大陸は彼女の祖国らしい。レヴィンは神竜の頼みですっかり荒れ果てた竜大陸を開拓し、神竜族の都を復興させることに。未知の魔導具で夢のマイホームを建てたり、キュートな聖獣たちに癒されたり——地上と空を自由に駆け、レヴィンの爽快天上ライフが始まる!

●定価：1320円（10%税込） ●ISBN978-4-434-31749-1 ●Illustration：saraki

ぐ～たら第三王子、
牧場でスローライフ始めるってよ
Gu-tara Daisanoji, Bokujo de Slowlife Hajimerutteyo
著 雑木林
Zoukibayashi
追放された第三王子が
ド辺境に牧場をつくって
念願のぐ～たら暮らし!
神様、俺の天職が
牧場主って本当ですか?
スローライフ確定じゃん。
俺はとある王国の第三王子、アルス。前世は草臥れたサラリーマンで、過労死した後に異世界転生を果たした。この世界では神様が人々に天職を授けると言われており、王族ともなれば【軍神】【剣聖】とエリートな天職を得るのが常だ。しかし、俺が授かったのは、なんと【牧場主】。父親に失望された俺は、辺境に追放されるのだった。一見お先真っ暗のようだが、のんびり暮らしたかった俺にとってはむしろ好機。新しく使えるようになった牧場魔法は意外に便利だし、ワケありクセありな奴ばかりだけど、領民(労働力)も増えていくし……あれ？ もしかして念願のスローライフ、始まっちゃった？
●定価：1320円(10％税込) ●ISBN：978-4-434-31746-0 ●Illustration：ごろー*

この作品に対する皆様のご意見・ご感想をお待ちしております。

おハガキ・お手紙は以下の宛先にお送りください。

【宛先】

〒150-6008 東京都渋谷区恵比寿4-20-3 恵比寿ガーデンプレイスタワー 8F
（株）アルファポリス　書籍感想係

メールフォームでのご意見・ご感想は右のＱＲコードから、
あるいは以下のワードで検索をかけてください。

アルファポリス　書籍の感想 

ご感想はこちらから

本書はWebサイト「アルファポリス」（https://www.alphapolis.co.jp/）に投稿されたものを、改稿、加筆のうえ、書籍化したものです。

異世界ゆるり紀行 ～子育てしながら冒険者します～ 14

水無月静琉（みなづきしずる）

2023年3月31日初版発行

編集－村上達哉・芦田尚
編集長－太田鉄平
発行者－梶本雄介
発行所－株式会社アルファポリス
〒150-6008 東京都渋谷区恵比寿4-20-3 恵比寿ガーデンプレイスタワー8F
TEL 03-6277-1601（営業） 03-6277-1602（編集）
URL https://www.alphapolis.co.jp/
発売元－株式会社星雲社（共同出版社・流通責任出版社）
〒112-0005 東京都文京区水道1-3-30
TEL 03-3868-3275
装丁・本文イラスト－やまかわ
装丁デザイン－AFTERGLOW
印刷－中央精版印刷株式会社

価格はカバーに表示されてあります。

落丁乱丁の場合はアルファポリスまでご連絡ください。

送料は小社負担でお取り替えします。


ISBN978-4-434-31752-1 C0093